水無月家の許嫁　三

天女降臨の地

友麻 碧

講談社
タイガ

イラスト――花邑まい
デザイン――ムシカゴグラフィクス

目次

人物紹介

水《み》無《な》月《づき》六《りっ》花《か》

高校一年生。天女の末裔《まつえい》、水無月家本家の血を引く。耳に神通力があり、〝輝夜姫〟の二つ名を持つ。

水《み》無《な》月《づき》文《ふみ》也《や》

六花の許嫁《いいなずけ》。水無月家の五十五代目の当主を務めているが、本来は分家の人間。声に神通力がある。

{ 洛曜学園 }

土《つち》御《み》門《かど》カレン
洛曜学園の生徒会長。陰陽師の名門の一族。

芦《あし》屋《や》大《だい》介《すけ》
同じく陰陽師の名門の一族で、生徒会役員。カレンの許嫁。

{ 六花の家族 }

水《み》無《な》月《づき》六《りく》蔵《ぞう》
六花の父。月帰病でこの世を去る。

片《かた》瀬《せ》彩《あや》子《こ》
六花の母。六花への虐待が原因で離婚する。

片《かた》瀬《せ》六《むつ》美《み》
六花の双子の姉。天女の神通力を持たない。

水《み》無《な》月《づき》葉《よう》

文也の弟。六花と同じクラスで、
美術部に所属。
〝不老不死〟の神通力を持つ。

水《み》無《な》月《づき》卯《う》美《み》

文也と葉の妹。
結界の力を使って
自宅を〝警備〟している。
長浜一門の信長の許嫁。

水《み》無《な》月《づき》信《のぶ》長《なが》

分家・長浜の水無月家の跡取り。
本家と敵対している。卯美の許嫁でもある。

水《み》無《な》月《づき》照《てる》子《こ》

文也の母。天川一門の出身で、
〝伝心〟の神通力を持っている。
夢幻病を患って入院している。

水《み》無《な》月《づき》天《てん》也《や》

文也の父で、六蔵の幼馴染。
ある事故で命を落とす。

水《み》無《な》月《づき》霜《しも》門《もん》

文也の伯父であり、照子の兄。
〝変化〟の神通力を持っており、
普段は三毛猫の姿。

水《み》無《な》月《づき》十六夜《いざよい》

先代当主。
最大の家宝である
天女の羽衣を隠したまま、
二年前に亡くなる。

水《み》無《な》月《づき》真《ま》理《り》雄《お》

信長の付き人。結界の力を持つ。
常に狐面をつけている。

水《み》無《な》月《づき》弥《や》生《よい》

文也の四歳年上の幼馴染。
かつては本家の女中をしていたが、
文也の命を狙ったのち、行方不明に。

水《み》無《な》月《づき》道《みち》長《なが》

長浜一門の総領。
〝眷属〟の神通力を持つ。

水《み》無《な》月《づき》永《えい》子《こ》

信長と真理雄の腹違いの妹。
〝転移〟の神通力を持つ。

水《み》無《な》月《づき》神《かん》奈《な》

分家・天川の水無月家の跡取り。
〝飛行〟の神通力を持つため、
〝弁天〟の二つ名を襲名している。

水《み》無《な》月《づき》皐《こう》太《た》郎《ろう》

分家・伏見の水無月の人間。
時折、文也の付き人をしている。
本家の税理士であり、顧問弁護士。

水《み》無《な》月《づき》千《ち》鳥《どり》

文也の祖母で、伏見の水無月の
総領。優れた着物職人。

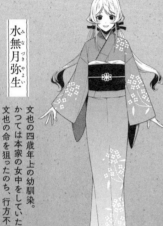

水無月家家系図

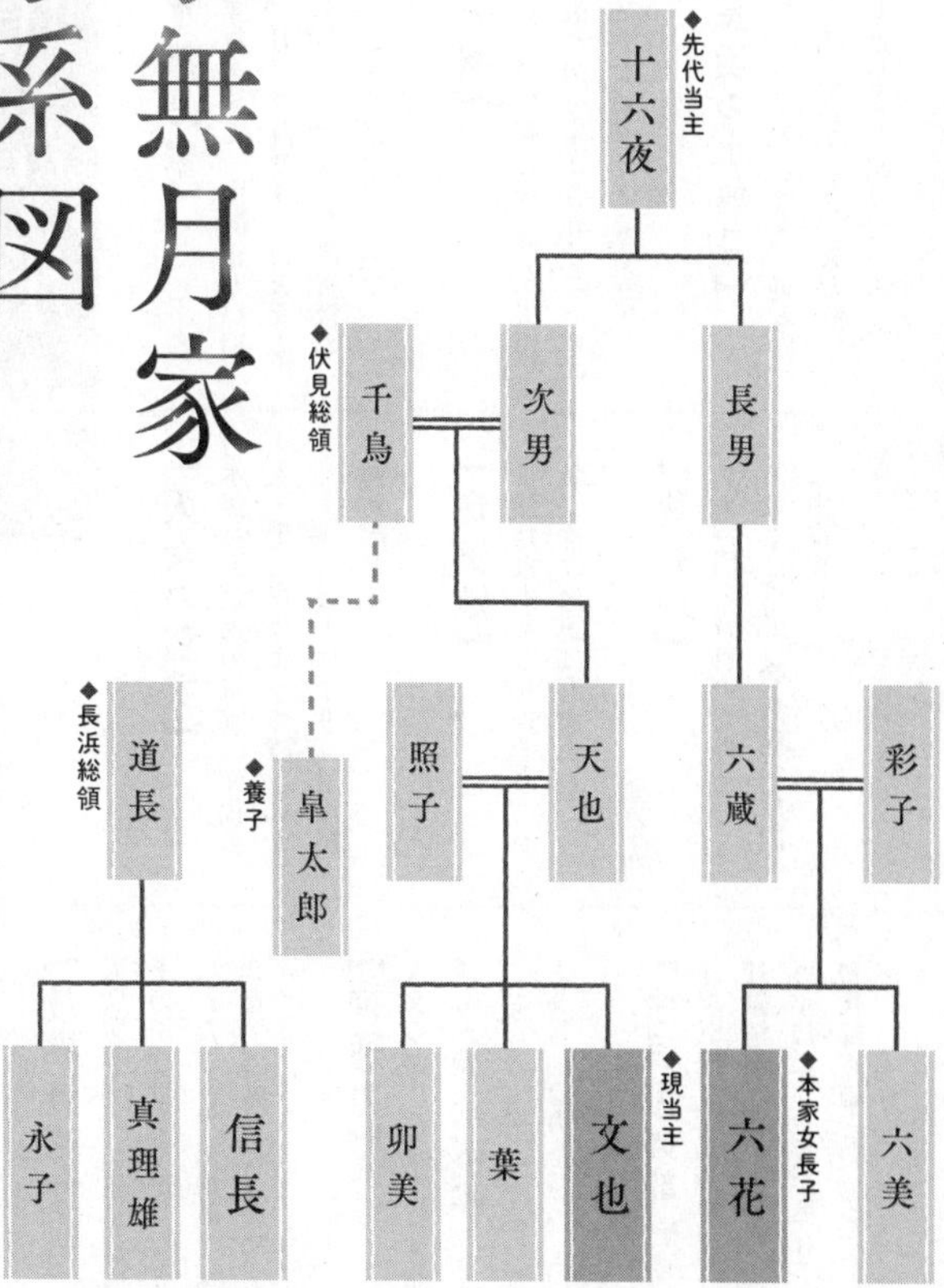

◆先代当主
十六夜
長男
次男
◆伏見総領
千鳥
彩子
六蔵
天也
照子
◆養子
皐太郎
◆長浜総領
道長
六美
◆本家女長子
六花
◆現当主
文也
葉
卯美
信長
真理雄
永子

用語解説

【水無月家】

千年以上続く、由緒正しい旧家。月より降り立った天女の血を引いており、月界資源を守ることが使命。


【分家】

伏見、長浜、京丹後、高石、天川の五つの分家が存在する。それぞれに特徴がある。


【長浜の水無月】

水無月家最大の分家。裏本家とも呼ばれており、天女降臨の聖地を守り続けている。


【天女の羽衣】

水無月家最大の家宝。先代当主・十六夜によって隠されてしまったことにより、遺産騒動が起こる。


【輝夜姫】

水無月家本家の女長子の二つ名。竹取物語に由来する。


【菊石姫】

長浜一門の盲目の女性に与えられる二つ名。余呉湖の伝説に由来する。


【月界資源】

天女がもたらした月の資源で、その用途は薬や道具など多岐にわたる。本来地球ではありえない〝奇跡〟を可能にする。


【神通力】

天女の血に基づく特殊能力。誰もが使える〝念動〟に加えて、〝結界〟や〝変化〟など、一人ひとり特別な力を持つ。


【余呉湖の龍】

静かの海のミクマリ様。月界精霊。百年に一度、生贄を捧げるよう初代輝夜姫と盟約を交わす。

水無月家の許嫁 三

天女降臨の地

第一話　座敷牢《ざしきろう》

水無月《みなづき》家——それは、約千年前に月より降り立った天女の末裔《まつえい》。

そもそも天女とは、地球人にはあり得ないような力を備えた月界人《げっかいじん》であり、この血を引く水無月家の人間には、天女の神通力《じんずうりき》と呼ばれる特異な力や体質が発現する。

それゆえに、水無月家にはいくつか、絶対に破ることのできない掟《おきて》が存在する。

月界よりもたらされた資源や生命体、その技術、その血に宿る特異な力が、この世界に大きな災いをもたらしてしまわないように。


それこそが、水無月家の闇。

水無月家の贄子とは、一族の人間が絶対に破ることのできない掟の一つであり、水無月家の闇、そのものだ。


月界よりこの地球に降りてきたモノに〝月界精霊〟という存在がある。

それは月界でも神のように崇《あが》められていた、高次元の存在。

水無月家の贄子《にえこ》とはまさに、月界精霊の一体である〝余呉湖《よごこ》の龍〟に捧《ささ》げる人間のこと。

文字通り、龍に食わせる人間のことだった。

水無月家では〝不老不死〟の体質を持って生まれた人間に、代々この役目を背負わせてきた。不老不死の人間など、そうでもしないと殺してやることもできないからだ。

それがどんなに残酷な所業でも、月界精霊に纏《まつ》わる掟は水無月家にとって最重要案件であり、本家の当主でさえ掟には従うほかなく、これを覆すことなどできない。

私、水無月六花《りっか》は水無月家本家に迎え入れられ、優しく穏やかな日々を噛《か》みしめていたけれど、それはきっと嵐の前の静けさだったのだろう。

私は、水無月家の闇を、やっと思い知った。

大切な家族が、奪われそうになって、やっと。

＊＊＊

八月八日。嵐山《あらしやま》の水無月本家にて。

「葉《よう》君を、返して」

私は天女の神通力である〝念動《ねんどう》〟を発動し、それを自分でもコントロールできないほどに動揺していた。

本家の次男・葉君を贄子と称し、躊躇《ためら》うことなく銃で撃った。そして、龍に捧げるためにここから連れ出そうとしている男がいるからだ。

それは、水無月家の五つの分家のうちの一つ――長浜《ながはま》一門の総領・水無月道長《みちなが》。

私は念動でその男を地面に跪《ひざまず》かせ、ただただ見下ろしながら、涙を流す。

このまま葉君が連れていかれたら、葉君は余呉湖に住む月の龍の贄子として捧げられてしまう。それは、葉君の死を意味する。

私はもう大切な家族を失いたくはない。

状況の全てを理解していたわけではないのに、ここ最近よく見ていた龍の夢が、私の嫌な予感を後押ししていた。何としてでも葉君を守らねばと思っていた。

「く……っ、小娘が、この私を跪かせたな……っ!」

水無月道長が、酷《ひど》く歪《ゆが》んだ表情で私を睨《にら》み上げている。

さっきまで私のことを本家の輝夜姫《かぐやひめ》とか、六花様とか呼んでいたけれど、この男は最初から、私のことなど敬ってはいなかったし、恐れてもいなかった。

本家の女長子とはいえ、大したことのない小娘程度にしか思っていなかったのだろう。

その小娘の念動が自分を跪かせた。それが屈辱的で堪《たま》らないのだ。

この男の自尊心の高さや、分家の総領としての驕《おご》りが、見てとれる。

「六花さん……っ」

夏風邪でかすれ気味の文也《ふみや》さんの声——

彼に名を呼ばれ、私はハッとそちらを見て、やっと気がついた。

念動によって身動きが取れなくなっているのは、私が敵認定している長浜の人間たちだけではなく、本家の当主の文也さん、天川《てんかわ》一門の女医である神奈《かんな》さんも同じ。彼らの分だけを解こうとしたけれど、私はそれをどうすることもできない。

発動した念動を全て解除しようとしたけれど、それもできない。

やはり発動できたところで、念動の操作や制御は、まだ上手《うま》くいっていないのだ。

葉君を助けたい一心だったが、ここからどうすればいいのかわからず、急に不安でいっぱいになってしまう。

それが念動に影響したのか、周囲に不安定な歪《ひず》みを生む。大地にボコボコと不必要な穴が空いたり、木々の枝が折れたり、お屋敷《やしき》の屋根の瓦が弾《はじ》けたり……

「六花さん！　その男から離れてください！　こちらへ……っ！」

そんな時、文也さんが私に向かって、切羽詰まった声で叫んだ。すぐに喉を押さえてゲホゲホと咳《せ》き込《こ》む。彼は酷く喉を痛めていた。

文也さんの声は月のモノに対し命令の力を含んでいて、それは水無月家の人間にも有効だ。私は無意識のうちに一歩下がってしまう。

「で、でも文也さん。葉君が」

私はそれでも、葉君の側を離れてはいけない気がしていた。

葉君を取り戻さなくては、という気持ちが強すぎて、文也さんの声の神通力すら無意識のうちに跳ね返し、それ以上足が下がらない。

「六花さん、俺のことはいい！　兄貴のところへ行ってくれ！」

だけど、葉君も私に向かって、切実な声で叫んだ。

「俺はこの日が来るのをわかっていた。俺は贄子の運命を受け入れている。だけど、六花さんまで連れていかれたら……っ、君にもきっと被害が及ぶ！　君は水無月家における自分の価値を知らないんだ！」

まるで私を叱るような、強い口調だった。

「その男はなんだってする！　六花さんまで取られたら、本家に勝ち目はなくなる！」

「…………葉君」

だけどこの時、私の耳は葉君の言葉の裏にある、痛みや不安、恐怖を感じ取ってしまう。

怖くないはずがない。今ここで私が安全な場所に逃げたら、葉君は……

そんな風にぐるぐる、ぐるぐると考えて、私はますます混乱していた。

そして多分、この時、私は判断を間違ったのだろう。

「信長《のぶなが》ぁ！　もったいぶるな！　さっさと輝夜姫を確保しろ！」

地に伏せていた水無月道長が、怒りに満ちた声で叫ぶ。

直後、

「はいはい。お父上の仰せのままに」

真後ろから、嫌味を含んだ抑揚のない声がして、私はハッと振り返った。

そこにはすでに彼がいて、赤い月の気配を帯びた瞳で、私を見ていた。

「いけませんよ、六花様。制御もできないのに、そのお力を無駄遣いしちゃあ」

さっきまで、この場にはいないと思い込んでいた人——水無月信長。

長浜一門を象徴するような黒い羽織《はおり》を纏《まと》うその人は、切れ長の鋭い双眸《そうぼう》に神通力を宿していて、含みある笑みを湛《たた》えている。彼は水無月道長の長男だ。

そして信長さんは、なぜかこの中で唯一、身動きが取れる人間だった。

「信長さん、なぜ……っ」

「おっと、六花様、そのままで」

信長さんは、驚いている私の顎をその手でグッと持ち上げ、私を上から見下ろす。

赤い月の気配を宿す、特別な瞳で捉える。

「信長……さん……」

「お許しください、六花様。神通力を使わせていただきます」

口調は丁寧なのに、月蝕《げっしょく》のような赤暗い瞳孔、その眼差《まなざ》しは、強引に私の心に忍び込む。

この人に見つめられた時に起こる、何者かに支配されているような感覚。

これは以前、伏見稲荷大社《ふしみいなりたいしゃ》で初めて信長さんに会った時にも感じた、恐怖だ。

何だか過去の自身のトラウマや、母から浴びせかけられた嫌悪、父を失った時の悲しみなどを思い起こさせる。これが信長さんの神通力だというのだろうか。

体が冷えていき、心が萎縮する。

まるでスイッチを切られたように、急激に力が抜け、意識が遠のいていく。

「それでは参りましょう六花様。水無月家の始まりの場所。――天女降臨の地へ」

意識が遠のく最中、信長さんが横目で誰かを見ていた。

文也さんだ。

私もまた、意識が途切れそうになる中で、視線だけを文也さんの方に向ける。

文也さんは、何だか信じられないと言うような強張《こわば》った表情をしていて、直後にハッとし「六花さん!」と私の名を呼び、こちらに向かって手を伸ばす。

その文也さんの姿を見た後、ふっと世界が暗転した。

水無月家の本家に迎え入れられてから、ずっと。

葉君に関して、私は不思議に思っていたことがあった。

○

水無月葉――葉君は本家の次男で、私と同じ高校一年生だ。

いつも明るく無邪気なムードメーカーで、その笑顔は太陽のように眩《まぶ》しい。

そう。文也さんが水無月家らしい月の静けさを纏っているのなら、葉君は溌剌《はつらつ》とした太陽のような存在だった。

兄妹思いで気が利いて、物事を俯瞰《ふかん》して見ているような視野の広いところもあって、私の心配ごとや気がかりなことにもよく気がついてくれて、とにかく親切にしてくれていた。

男女分け隔てなく、誰にだって、いつだって優しい。

この世界で彼のことが嫌いな人なんて存在しないのでは、と思えるような、本当に素敵な男の子だ。

その一方で、何だかとても浮き世離れした雰囲気が、彼にはあった。

文也さんの凜《りん》とした大人っぽさとはまた違う、あの達観した気配。

水無月家の人間には、総じてそういう気配がある。

だけどその中でも、葉君の纏う気配は、何だか水無月家という枠組みからも逸脱した、異質な何かだと思った。

怖いわけではない。

むしろ優しすぎて、儚《はかな》すぎる、途方もない何かだ。

それが何なのか、ずっとわからずにいた。


一度、美術室に葉君の忘れ物を届けに行ったことがある。

葉君は美術部で、だいたいそこにいたからだ。

美術室には私も何度か招かれたことがあるけれど、広々とした教室に漂う油絵の具の匂いが独特で、一歩そこに踏み込むだけで不思議な世界に迷い込んだような気持ちになる。

だけどその時、葉君は不在だった。

すでに顔なじみになっていた美術部の部長さんに、葉君への届け物はこの辺に置いておくといいと言われたスペースがあり、その通りにした。

そこには一脚のイーゼルと、描きかけのキャンバスがあった。

傷だらけの四角い木の椅子と、油絵の具がのった大きなパレット、絵筆、鉛筆、表紙の汚れたクロッキー帳や、オイルの入ったガラス瓶なども、無造作に置かれていた。

最初こそ届け物をどこに置こうかと迷い、視線を下げていたのだが、ふと顔を上げた時、私は描きかけのキャンバスを前に、ゆっくりと目を見開いた。

それは、枯れかけたひまわりの油画《あぶらえ》。

深く渋い色味の上にのる、鮮やかな一点の光。

その光を強調するような、陰影。

枯れた先にある、一縷《いちる》の希望のような、美しさや力強さ……

そういうものを否応《いやおう》なしに感じ取ってしまい、私は何だか強い衝撃を受けて、ドクンドクンと心臓の鼓動が高鳴るのを感じていた。

写実的で技術があって上手な絵、というだけではなく、そこには葉君にしか見えない色が、景色があり、何か重要なテーマが潜んでいる気がして、胸が震えた。

ひまわりは、照子《てるこ》さんの好きな花だ。

美術室の窓から見える中庭に、ひまわりの花が咲いていたからモチーフにしただけなのかもしれないけれど、そこに意味がないとは思えない。

ちょうど側に、モチーフとなっている枯れたひまわりの挿さった、花瓶があった。

「…………」

葉君の目には、この枯れたひまわりでさえ、こんな風に美しく映っているのね。

実物と、描きかけの絵を何度も見比べて、心底驚いた。

そして後から、じわりと目元が潤んで泣きたくなった。

あの時はその理由がわからずにいたけれど、今になってやっと、少しだけ、わかった気がする。

それは葉君の纏う、不思議な気配の正体そのもの。

もうすぐにでもやってくる〝死の影〟で、それを受け入れていた者の境地だった。

きっと葉君は絵を描くことで、自分の生の、一点の光をこの世に残していたかったのだと思う。

理不尽な境遇、それに対する感情を、全て、キャンバスの上にぶつけていた。

それを知らない内に感じ取ってしまったから、私はあの時、胸が締め付けられ、泣きたくなったのだ。

○

「六花さん、六花さん……」

私の名前を呼ぶ声がして、ゆっくりと瞼《まぶた》を開ける。

「…………」

目を開けても視界があまり定まらない。薄暗く、ひんやりした場所にいることはわかる。

ここは……

「六花さん、大丈夫？　目さめた？」

声のする方にゆっくりと顔を向けると、木製の格子の隙間から葉君が私を見ていた。

葉君は私が目覚めたのを確認すると、ホッとしたような顔になって「よかった」と言う。

「葉君……」

私の意識はまだ、夢と現実を行き来している。

どこからが現実で、どこからが夢だったのか……わからずにいる。

だけどゆっくりと、脳内でその境が明確になってきた。

夢だったらいいのにと思っていたことは、多分、現実だ。

私はぐっと唇を結び、体に力を入れて起き上がり、ズキンズキンと小刻みに痛む頭を押さえながらも、周囲を見渡した。

「ここは……」

木製の格子が、お座敷《ざしき》ひとつ分のスペースを囲んでいる。どうやら私はその中に閉じ込められているようで、葉君も隣り合った畳の部屋に閉じ込められている。

特徴的なのは、背面や格子の隙間から見える外側の壁は一面が赤く塗りつぶされていて、柱は黒塗りされている点だ。

所々に古いお札《ふだ》のようなものが貼り付けられていたり、延々と文字を連ねた横長い紙が貼り付けられていたりと……赤と黒の空間も相俟《あいま》って、かなり不気味だ。

窓一つなく、蔵の中のような閉塞感があり、格子の向こうの天井からぶら下がった丸い提灯《ちょうちん》の暖色の光に、小さな蛾《が》や羽虫が群がっている。

これは、いわゆる座敷牢《ざしきろう》というやつだろうか。

自身の置かれた状況を理解したからか、今になってゾッとする。

途方もなく、恐ろしい気持ちになる場所だ。ここは。

「六花さん大丈夫?」

「……は、はい。ちょっと頭が痛いだけで」

「きっと慣れない念動を使った反動だ。信長の目の力で、念動を強制的に止められたっていうのもあるかも」

「……念動」

そうだ。念動。念動さえ使えれば……

それを使ってみようと意識するも、何ひとつ、ピクリともしない。

私自身も、力を使えている気がしない。

「ダメだよ六花さん。この座敷牢の中では、念動が使えない」

「え……」

「これ〝無常座敷〟っていう月界遺産なんだ。この座敷牢に閉じ込められた水無月家の人間は、念動を封じられる」

私が戸惑っていると、葉君が部屋を仕切る格子を摑《つか》み、その隙間から私に向かって説明してくれた。

「あのね、六花さん。要するにここはすでに滋賀《しが》の長浜だ。俺たちは長浜一門の連中に捕まって、ここに囚《とら》われている」

それを聞いて、私はやっと現状を把握する。

そしてグッと眉間にシワを寄せ、項垂《うなだ》れる。

「私……私、結局何もできずに……っ」

あの時、念動を使った私の意識は、何だか普通ではなかった。

だけど文也さんや、葉君の言葉は思い出せる。

二人は私に、道長さんから離れろ、逃げろと言っていた。きっとこんな風に、二人揃《そろ》って捕まる事態になるのを恐れていたからだろう。

だけど結局、私も葉君と一緒に攫《さら》われて長浜に連れてこられた。二人の言うことを聞かなかったばかりに。

情けない……っ。これじゃあ、葉君や文也さんの負担を増やしただけじゃないか。

そもそも、どうやってここに連れてこられたのかも、全く記憶にない。

京都の嵐山《あらしやま》と滋賀の長浜では、それなりに距離があると思うのに。私、そんなに長時間、気を失っていたのだろうか。

「確かあの時……来ていないと思っていた信長さんが、嵐山の本家に現れて」

「うん。そうだよ。信長が何もないところから突然六花さんの背後に現れて、目の神通力を使って六花さんの念動を止めたんだ」

格子の向こうの葉君が、背後の壁に背をつけて、座り直す。

そして前髪をかきあげながら、やるせないため息をついた。

「あいつの〝目〟は水無月家の人間の力を萎縮させる。その人間のトラウマや、恐怖の感情を思い出させて、一時的に心身を支配する。一種のマインドコントロールだ。めっちゃ嫌な神通力だよな〜。長浜一門の神通力って、そういう嫌な感じのが多い」

「……そう、なんですね」

「兄貴が六花さんを助けようとしたんだけど、信長は気を失った六花さんを盾にして……俺たちと連中をみんな、長浜に〝転移〟させたんだ」

「……転移？」

聞きなれない言葉が出て、私は顔をしかめた。

葉君は「あ」というような顔をして、人差し指を立てて説明してくれる。

「超能力的に言うと、テレポートってやつ。転移の力を持っているのは水無月永子《えいこ》っていう……まあ、信長の腹違いの妹がいてだな。きっとあいつの力だ」

「……信長さんの……妹……？」

「あいつ兄弟姉妹が多いからさ。全員腹違いで、ややこしいんだけど。真理雄《まりお》だってあいつの付き人を装っているけど、一応あれで、信長の腹違いの弟なんだぜ」

そうだったんだ。全然、気がつかなかった。

「ま、要するに俺たちはまんまと長浜の連中に連れ攫われちゃったってわけ」

「それは結局、最悪な事態に陥っているということ……ですよね」

きっと文也さんや葉君は、私たちを強制的に長浜に連れていくことのできる〝転移〟のような神通力を持つ人間が、長浜一門にいることを知っていたのだ。だからあの時、私にあの場から逃げろ、離れろと言ったのだろう。

私は本当に、ただただ、足手まといになってしまったのかもしれない。

葉君は「最悪の事態」に陥っているかどうか、それに対する返事をせず、

「しっかし長浜一門の連中は、本当に身の程知らずだよな」

そうぼやきながら、すっくと立ち上がった。

「俺だけならまだしも、六花さんまで座敷牢に閉じ込めるなんて。おいこら！　六花さん

は本家の輝夜姫だぞ！　もっと丁重に扱えよな！」

プンスカ怒って、出入り口側の格子をガシガシと蹴る葉君。

そういえばさっきから、ここには私と葉君だけで、長浜の人間は一人もいない。

見張りがいないのは、この座敷牢の中であれば、私たちの念動が使えないとわかっているからだろうか。

それくらい、この場所は、私たちを閉じ込めるという意味で信頼されている。

つまり、脱出など考えても、無理だということ？

私はこの絶望的な状況をぐるぐると考えていたけれど、その一方で、

「腹減った！　せめて何か食わせろ〜〜〜っ。俺は龍の贄子なんだろ！　痩《や》せ細《ほそ》った生贄《いけにえ》なんて出したら、怒りをかうのはお前たちだぞ！　それに六花さんを餓死させる気か！」

私はさっきからずっと、葉君の声音や口調が気になっている。この状況なのに、やけに威勢良く、陽気とさえ思う。

「葉君、あの……」

私が呼びかけると、葉君は「ん？」と、格子越しに私の方に顔を向けた。

「いや、その。私のことよりも、葉君、葉君は……っ」

私の言いたいことがすぐに理解できたのだろう。

葉君は眉を寄せ、苦笑した。

「ああ、贄子のこと？」

そして、あっけらかんとして言う。

「今更だけど、びっくりさせちゃってごめんね。この時代に生贄なんて、意味不明で現実味がないよね。でも、これはもうずっと前から決まっていたことなんだ」

「……………」

「あの日、あの時……俺の神通力が〝不老不死〟だってわかった時から」

格子越しにしか見えない葉君は、どこか遠くのある日を思い返すような……そんな目をして虚空を見つめている。

私はというと、自分の体が小刻みに震えているのを感じ取っていた。

葉君はそんな私をチラッと見た後、格子越しの、私の一番近い場所に座り直し、あやすような、宥《なだ》めるような優しい口調で話を続けた。

「でもね、六花さん。俺は恵まれている方だったと思うよ。歴代の不老不死の子どもは、その神通力が判明した瞬間から、こういう暗い座敷牢に幽閉されて、人間らしい生活をさせてもらえなくなるって……聞いたから」

「そんな……そんなことが、許されるのですか……っ⁉」

「そう。許される。月のモノが暴走しないよう、月界精霊の怒りをかわないよう、水無月信じられない。だけどこれは一般人の話ではなく、水無月家の話。

家のやること為《な》すことは正当化され、黙認されている」

それが、天女の末裔《まつえい》たちが、千年かけて辿《たど》り着《つ》いた生き方。

葉君はまた苦笑して、このひんやりとした座敷牢を見渡した。

「六花さんは知らないと思うけれど、本家にもこの手の座敷牢はいくつかあったんだよ」

「え……」

「まあ、先代当主の十六夜《いざよい》が死んで、本家を大規模にリフォームした時に、ほとんどを兄貴が潰しちゃったけどさ」

私は少なからずショックを受ける。あの静かで穏やかな空気の流れる本家の屋敷に、座敷牢のような残酷な部屋があったなんて、信じられなかった。

「で、ですがどうして、不老不死の子を座敷牢に閉じ込める必要があるのですか？　そんなことをして、いったい何の意味が……っ」

贄子を、不老不死の子を、そんな目に合わせる理由がわからない。

しかし葉君は腕を組みながら「んー」と唸《うな》り、

「かなり昔の話だけど、俺みたいに贄子に選ばれた子どもを、逃がした親がいたんだよね」

「え……？」

「不老不死の人間って百年に一人しか生まれないから、結果的に贄子が用意できなくて、儀式失敗。龍が怒り狂って、大水害を引き起こしたとか。要するに、大勢の一般人が死んじゃったんだ」

「…………」

「まあ要するに、贄子を逃がしちゃいけないから座敷牢に閉じ込める。あとはまあ……贄子を人の子として扱えば、情が移って辛《つら》くなる。親が我が子を逃がそうとしてしまう。だから早い段階でその子から引き離す。昔の失敗を繰り返さないために。……確か、水無月十六夜がそんなことを言ってたなあ」

水無月十六夜。水無月家の先代当主であり、私の曾祖父《そうそふ》に当たる人。

「では、ではどうして葉君は……っ」

辛いことではあるが、葉君は、普通に本家で生活していた。

だけど、そんなのは勝手だ。辛いことは全部、贄子に押し付けているようなものだ。

私は葉君がそんな運命を背負っているなんて、今の今まで気がつかなかった。

葉君は少しの間、言葉に詰まった。そして、

「俺が自由に、人間らしくこの歳《とし》まで生きてこられたのは、兄貴のおかげだ……っ」

今まで何てことなさそうに贄子の話をしていた葉君が、一転、感情的な声を絞り出し

た。

「兄貴が、先代の十六夜に頼み込んだ。この先、何でも言うことを聞くから、当主の役目から絶対に逃げ出さないから、葉を……俺を自由にさせてやってくれって」

葉君は額に手を当てて、その声を震わせる。

「あの時、兄貴だってまだ子どもだった。十歳かそのくらいだった。なのに……っ」

その声音が、ますます熱を帯びていく。

「兄貴は、本当は十六夜が死んだ時に、本家の当主の役目から逃げたってよかった。本来、分家の身なんだから、全部投げ捨てて逃げたってよかったんだ。だけど、俺がいたから、逃げられなかった……っ」

私は口元を手で押さえて、目を大きく開ける。涙が溢《あふ》れそうだ。

「俺は、俺は兄貴を追い詰めるようなことしかしてない。だから、この日がやってきたら、素直に龍に食われてやろうと……ずっと思っていた」

「葉君……っ」

私は首を振る。格子の隙間から手を伸ばし、葉君の手に触れる。

そんなのは嫌だ、違う、と訴えるように何度も首を振る。

だけど、言葉が全く追いつかない。

葉君は自分が生贄となって龍に食われて死ぬことよりも、自分の兄である文也さんを苦しめたことを、悔やんで悔やんで、悔やんでいた。

私の耳は、彼の言葉から伝わってくる葛藤や悲嘆を、決して聞き逃さない。

「六花さん……」

自身の心の内の葛藤を吐き出したからか。

それとも私の方がボロボロ泣いてしまっていたからか。

葉君は僅かに落ち着きを取り戻し、さっきからずっと葉君の手に触れている私の手を握り、小さく微笑《ほほえ》んだ。葉君の手は、とても冷たい。

「何だかな。今まで誰にも、家族にも言わずにいたのに……。六花さんは、いつも人の話を一生懸命聞いてくれるよね。不思議だ。君を前にすると、何だって話せてしまう。君なら受け止めてくれるって思ってしまう」

葉君はそう言って、格子に肩をもたれた。

私も同じように、葉君の側で、格子越しに彼に寄り添う。

「六花さん。あと少しだけ、聞いてくれるかい？　俺のこと。そして兄貴のこと」

まるで、最後に、私に伝えたいことがあるとでもいうように、葉君はこう言った。

「俺は龍に食われる前に、どうしても六花さんに伝えておきたいことがあるんだ」

第二話

葉、月の贄子の宿命

俺の名前は水無月葉《みなづきよう》。

天女の末裔である水無月家の、本家の次男である。

兄の〝文也《ふみや》〟が父・天也《てんや》の字を受け継ぎ、長男の役目を一身に背負わされているのに対し、俺は次男という気楽な立場で、特に縛りもなく〝葉〟という名を与えられた。

嵐山の美しい緑にちなんで、太陽の光をたっぷり浴びて青々と育ってほしいという願いを込められ、母の発案によって名付けられたらしい。

だけど俺は、両親の願いも虚《むな》しく、水無月家最大の〝禁忌〟と言われている〝不老不死〟の体質を持って生まれてきた、呪われた子どもだった。


俺はずっと、自身の天女の神通力を〝不傷〟だと思われていた。

不傷とは、傷を負ってもすぐに治ってしまう神通力のこと。

水無月家の神通力ガチャでも割と出現率が高く、それほど珍しい力ではなかった。

不傷といっても限度があり、即死レベルの大怪我《けが》には適応されない。要は自己治癒力が異常に高いというだけで、死の運命そのものを変えることはできない。

幼い頃、俺は〝不傷〟と思い込んでいた自分の力があまり好きではなかった。

というのも、傷がすぐに治ってしまうだけで他人の怪我を治せるわけでもないし、それ以外に特別なことができるわけではなかったからだ。

兄貴のように〝声〟の力で月のモノに命令する、なんてこともできない。

父や卯美《うみ》のように〝結界〟の力を使って、器用にバリアを張れるわけでもない。

母の〝伝心〟のように、他人の心にテレパシーを送ることもできない。

みんなめちゃくちゃ使える特殊能力って感じなのに、俺の場合は、自分の体の傷が勝手に治ってしまうだけ。

しかも、それを一般人に見られてはならない。傷が勝手に治るところなんて見られると厄介なことになるから、水無月家の人間以外には絶対に隠し通さなければならない。

子どもなんて転んだだけで怪我するのに、幼稚園や小学校、一般人も遊ぶ公園なんかでは、これを隠すのが面倒臭いったらなかった。

せっかく天女の末裔などという、特殊能力を備えた一族に生まれたのだから、もっとこう、強くて格好いい力に憧れた。しももんの〝変化〟とか神奈《かんな》姉さんの〝飛行〟とか、最高に羨ましかった。

せめて家族の役に立つ力がよかった。

うちは本家なのに、分家の連中に虐《いじ》められてばかりだ。

奴《やつ》らをギャフンと言わせることのできる力なら、一番よかったのに……

そんなことを、幼いながらに悶々《もんもん》と考えていたっけ。

怪我をしてもすぐ治るからか、俺は危機管理能力にも乏しかった。高い場所から飛び降りたり、山道を思い切り走って転んだりして、腕や足によく怪我をしていた。正直かなり危なっかしく、悪戯《いたずら》好きの悪ガキで、怖いもの知らずだった。

怪我をするたびに兄貴が駆け寄ってきて、傷口に薬を塗ってくれたっけ。

兄は俺がよく怪我をするから、傷薬を常に懐に持ち歩いていた。

「すぐ治るからいいのに」

俺が照れ隠しのように唇を尖《とが》らせると、

「だからといって、弟の怪我を放っておく兄はいない。これが鬱陶《うっとう》しいのなら、危険なことはするな」

なんて、兄貴らしいことを言う。

子どもながらに思っていた。兄は本当に愛情深く、よくできた人間だと。

俺がブラコンになるのも、無理からぬ話だ。

だけど、あの日。俺が八歳になった年の、確か季節は秋だった。

誰も見ていないところで、ひときわ高い木に登った。

父や兄が嵐山の奥の方に行ったみたいで、それを上から探せるかと思ったのだ。

しかし父や兄を見つけるより先に、

「わあああ、真っ赤だ」

嵐山の見事な紅葉に見とれてしまった。そしてそれは、俺が俺のことを何一つ知らずにいた純粋な時代の、最後に見た美しい景色だった。

あの時、俺はどこか惚《ぼ》けてしまっていたのだと思う。木の根元で、ジ……と俺を見上げていたのだろう曾祖父の十六夜《いざよい》に、なかなか気がつかなかった。

幼い頃から、俺は酷く老いた曾祖父のことが苦手だった。

そのため根元に曾祖父がいると気がついた時、びっくりしすぎて「わあ!」と声をあげ、直後、跨《また》がっていた枝が不自然に折れて、俺は真っ逆さまに地面に落下してしまったのだ。

グシャ……

人の体の壊れる音を、この時、初めて聞いたと思う。

不傷の神通力は、決して死なないわけではない。死に至るほどの大怪我は治しきれない。

俺はこの時、頭蓋を叩《たた》き割《わ》り、顔面を潰し、四肢を折って体を歪《いびつ》な形に砕き、確かに普通であれば即死レベルの状態だったらしい。

実際に俺は、一瞬の激痛ののち、何の記憶もない。

だけどその体はみるみるうちに治っていき、俺はある瞬間にフッと意識を取り戻し、何事もなかったように目を開け、体を起こして立ち上がったのだった。

この時の俺は「?」と不思議そうな顔をして、キョロキョロしていたと思う。

自身の体に起こったことを理解できずにいたから。

だが、一部始終を見ていた曾祖父の十六夜は、俺のこの様子を見て、叫ぶように告げた。

「やはり……っ、こやつの神通力は不傷ではない！　禁忌の〝不老不死〟じゃ！」

十六夜は、おそらくずっと俺の力のことを疑っていたのだろう。

兄貴ほど厳しく躾《しつ》けられたことはなかったが、いつもどこか、刺々《とげとげ》しい視線を俺に向けていたから。

あの時、俺の跨っていた木が折れたのも、今思えばきっと、十六夜の神通力によるもの。

こいつは俺を試したのだろうし、それで俺が死んでも構わなかったのだろう。

だけど俺は生きていた。確かに俺の神通力は〝不老不死〟だったからだ。

これを聞かされた時の、両親の絶望の表情を今でも思い出せる。

「嫌だ！　嫌だ嫌だ！　こんな暗いところは嫌だ！　なんで……っ、曾《ひい》おじい様！」

俺は十六夜に引きずられるような形で、本家の屋敷の、地下深い場所にある座敷牢に閉じ込められた。月界遺産〝無常座敷〟という、念動の使えなくなる座敷牢だ。

両親は必死になって阻止しようとしたけれど、十六夜の神通力や念動は桁違いに強く、全く歯が立たなかった。

「諦めよ。不老不死の子は、いずれ必ず余呉湖の龍の贄となる。ずっと……周期的にそろそろ生まれると思っておったのじゃ」

十六夜は、両親に向かって冷酷に告げた。

こやつを座敷牢に閉じ込めるのは、お前たちのためでもあるのだ、と。

「贄子に情を寄せてはならぬ。人の子として扱ってはならぬ。ここで閉じ込め、儀式の日までただただ生かし続ける。飲み食いさせずとも、不老不死の人間は死なぬからな」

それを聞いて母は気を失い、父は必死になって十六夜に懇願した。

「お待ちください当主！　それでは葉があまりに不憫《ふびん》です。私はこの子の父として、その決定だけは到底受け入れられません……っ！」

父は十六夜の念動によってあばら骨を折られていた。きっと相当な痛みがあったと思う。

それでも必死になって、十六夜に食い下がっていた。

せめて、葉を座敷牢から出してあげてくれ、と。

「天也。貴様のような本家の血を持たぬ人間には、何の力も、発言権もない。水無月の人間の全ては、水無月の掟に従う責務がある。そもそも本家の当主の権限を持ってしても、贄子の運命を変えることはできぬ」

十六夜は、徹底していた。

「水無月家は代々、不老不死の人間を余呉湖の龍・ミクマリ様に食わせてきた。それはなぜか。……それが、初代輝夜姫《かぐやひめ》とミクマリ様が取り決めた〝盟約〟だからじゃ」

余呉湖の龍とは月界でも神と崇められていた、高次元の存在。

地球には、本来存在してはいけないような、恐ろしい力を秘めている。

特に余呉湖に住《す》まう〝静かの海のミクマリ様〟は、巨大な龍の姿をしていて、気性が荒く猛々《たけだけ》しい。腹を空かせた状態で怒りに任せ暴れ狂うことがあれば、この世などあっという間に滅びてしまう。たかだか人間の力でどうにかできる存在ではない。

十六夜は座敷牢の前で、淡々と、ひたすら淡々と、語り続けた。

「水無月家には百年周期で不老不死の人間が生まれる。月界人にも、不老不死の存在がいたからじゃ。しかしこの地球において、その存在は極めて異端。化け物に等しい。永遠に生きながらえるより龍に食われて死んだ方が、よほどこやつのためと言えよう。それ以外に死ねる方法などないのだから」

十六夜は、自身の念動を使い、両親を座敷牢のある地下空間から追い出した。

そして、暗く重い扉を閉ざし、俺をこの場所に閉じ込めた。

一筋の光すら入り込まないような、地下の座敷牢に。


暗い。怖い。寒い。何の音も聞こえてこない。

出して。出して出して出して。

分厚い岩壁を、手が千切れそうになるまで叩き続けた。

冷たい鉄格子を揺すり、喉が潰れそうになるまで泣き叫んだ。

こんな場所に閉じ込められてから、いったい何日が経《た》ったのだろう——

だけど何も変わらない。誰も助けにきてくれない。

俺が不老不死の化け物だから、みんなに見捨てられた？

朝も昼も夜もわからない。時間の感覚もなくなって、俺は徐々に体の力を失い、気力も失い、地面に倒れ込んだまま、ぼんやりとしていた。

寒い。喉が渇いた。お腹《なか》が空いた。

それでも死なない。死ねない。

こんなに辛くて苦しいのに、誰も助けてくれない。会いにきてくれない。

両親も兄妹もどうしているだろう。俺のことなんて、もうどうでもいいのだろうか。

コタツで温まりたい。ふかふかの布団で眠りたい。

お母さんの作ったご飯が食べたい。お父さんの膝の上に座りたい。

卯美のうるさい癇癪《かんしゃく》が聞こえない。

お兄ちゃん。お兄ちゃん。いつもみたいに助けにきてよ。

手が痛い。胸が痛い。だからきっと、傷が治っていないはず。

お兄ちゃんなら薬を塗ってくれるはずだ。

助けて、助けて。お兄ちゃん。


「葉、葉」


その声が、死にかけていた俺の心に囁《ささや》きかける。

そんなはずはない。お兄ちゃんの声なんて聞こえるはずない……。

だけど兄の声には力があり、月のモノは絶対に無視できない。

ここに閉じ込められてから、おそらくひと月くらい経っていて、俺は座敷牢の隅に、捨てられた死骸のように転がっていた。

俺は力の入らない体を何とか捻《ひね》り、ゆっくりと声のする方に顔を向けた。

すると、座敷牢の鉄格子の向こうから、ぼんやりとした灯《あか》りが近寄ってきているのがわかる。そして徐々に、見慣れた袴《はかま》姿の、兄の文也の姿が浮かび上がってくる。

今も……何度も、何度も俺の名前を呼んでいる。葉、葉、と。

「お……にい……ちゃ……？」

喉が渇いていて、声が掠《かす》れて、上手に返事ができなかった。だけど兄は俺の声をしっかり聞き取ってくれた。

「葉！　葉、大丈夫か。生きているか」

兄だって俺が不老不死であることを知っているだろうに、本当に不安そうな表情で、目を凝らして俺を探していた。俺は辛いことから逃げるように、五感と心を閉じて過ごしていたけれど、兄の声を聞いたせいか、僅かに感情が揺れている。

ズリ……ズリ……と。唯一の希望に向かって這《は》うように、兄の側に行く。

兄は、這ってきた俺の姿を見て、堪《こら》えきれずにブワリと大粒の涙を流した。

「葉！　すまない。すまない。こんな所に、ずっと閉じ込めたままにして……っ」

俺はこの時、どれほど悲惨な姿だったのだろうか。

鉄格子の隙間から腕を入れ、兄は俺を強く抱き寄せる。

「葉。葉……っ。酷い。酷い。何でこんな……っ」

「…………」

「僕はお前を、化け物だなんて思わない。お前は僕の大事な弟だ！　贄子になんてさせない。絶対にお前を見捨てたりしない！」

兄の声の力は凄《すご》い。閉ざしかけていた何もかもが開いていく。

死にかけていた感情が怒濤《どとう》のように蘇《よみがえ》り、鉄格子越しの兄にひしと縋《すが》りついた。

縋って、お兄ちゃん、お兄ちゃんと掠れた声で精一杯叫んで、わあわあ泣いていた。

兄はそんな俺の頭を撫《な》で、背をさすってくれた。きっととてもボロボロで、汚くて、匂いも凄かっただろうに。

兄がどうやってここまで来たのかわからない。

ここへ立ち入ることは十六夜によって禁じられているはずだし、地下への入り口の扉は何重もの結界によって封じられている。ここでは念動だって使えないのに。

兄は持ってきていた水のボトルを鉄格子の隙間から差し入れる。

俺はそれを受け取り、必死になってゴクゴク飲む。ゲホゲホむせる。

「かわいそうに。かわいそうに、葉。苦しいだろう。寂しいだろう。贄子なんて間違っている。こんな仕打ちはあんまりだ。お前がいったい何をしたって言うんだ……っ」

兄は悔しそうに涙を流し、鉄格子に拳を叩きつけた。

「不老不死が何だ！　それを言うなら天女の末裔なんて、水無月家の人間なんて、みんなみんな、化け物じゃないか……っ！」

兄の葛藤や怒りが、ビリビリと伝わってくる。

兄がここに来るまで、外でも色々とあったのかもしれない。家族たちが、贄子にまつわる多くの理不尽と戦っていたのかもしれない。

水を飲み、一息ついた頃に、俺はポツリと兄に問いかける。

「お兄ちゃん。俺、これからどうなるの？」

「……葉」

「俺、もう二度と、ここから出られないの？」

「大丈夫だ。僕が必ず、お前をここから出してやる」

不安げに言う俺を、兄はもう一度引き寄せて、強く抱きしめてくれた。

俺を安心させるように背をポンポンと叩いた後、そっと離れる。

そして、持ってきていた風呂敷《ふろしき》の小さな包みを、鉄格子の隙間から俺の方にねじ込んだ。

「これは伏見のお祖母《ばあ》様が寄越してくれた〝紫雲の大布〟だ」

紫雲の大布――確か、包んだものを小さく収納し、ワタのごとく軽くする、伏見一門専有の月界遺産だ。一見、普通の風呂敷の包みなのだが、兄はこれに様々な物資を包んで、運び込んでくれていた。

その風呂敷の中には、大好物の詰まった弁当と、俺の好きだったお菓子と、水と日持ちする食料と、着替えと、毛布などの物資があった。他にも満月の形をしたランプのような、灯りを灯《とも》すための月界遺産も寄越されていた。

その他にも、俺でも読める本や、スケッチブック、色鉛筆、クレヨン、ゲーム機……などなど。暇つぶしに最適そうな道具が色々とあった。

俺は絵を描くのが好きだったから、きっとその道具を母が入れてくれたのだろう。

ゲーム機は……もしかしてあの卯美が貸してくれたんだろうか。凄いな。

「葉。希望を捨てるな。絶対に僕が、お前を助けてやる」

「………」

「またここに来るから、僕を信じて待っていろ」

「……うん。うん」

素直に頷《うなず》いた。兄を心から信じていた。

兄は俺の返事に安心したような表情になり、少し外の様子を警戒しながら、この座敷牢から出ていく。

それから、兄は言葉の通り毎日ここに来てくれた。弁当や生活物資を運んでくれた。

きっと、十六夜の目を掻《か》い潜《くぐ》って。

バレたら酷い折檻《せっかん》を受けるだろうに、そのお叱りを恐れることなく……

話を聞くに、どうやら両親が十六夜を引きつけている間、卯美が外側から結界に穴を開け、見張りをしているらしい。ゆえに、ここには兄以外は来られないようだった。

でも、兄は家族の手紙を持ってきてくれたし、外で起こったことなどを話して知らせてくれた。外では両親が、伏見のお祖母様と共に十六夜と根気強く交渉しているようだった。

暗い座敷牢に閉じ込められたまま、誰も会いにきてくれなかったら……

きっと家族に見捨てられたと思って、希望も何もかもを失って、黒い感情に呑《の》まれながら、ここで人間らしい心を閉ざしてしまっていただろう。

だけど兄が来てくれて、話をしてくれたから、希望を失わずにすんだ。

どれだけ長い間ここに閉じ込められていても、家族のことを信じられた。

会いたい気持ちを募らせながら、一人一人の家族の顔を思い出し、らくがき帳に似顔絵を描いていた。家族の似顔絵を胸に抱き眠ると、よく眠れた。そうやって座敷牢での日々を耐え抜いていた。

そんな座敷牢生活が、結構長い間、続いた。

父や母、お祖母様が、どんなに根気強く交渉をしても、当主の十六夜が一度決めたことを覆すはずがない……俺でもそのくらいわかる。

龍に食われるその日まで、もうここから出られないのではないだろうか……

それでも希望を捨てずにいられた。最初のひと月の寂しさや苦しみを思えば、毎日兄が会いにきてくれて、母の手料理を食べられているのだから、十分に耐えられた。

座敷牢での日々は、結局のところ約四ヵ月ほど続いた。

そうしてある日。俺は突然、地下の座敷牢から外に出ることを許される。兄が慌てた様子でやってきて、座敷牢の錠を開けてくれた。そして俺を連れ出した。

足腰の筋力が随分と弱まっていたが、地上に繋《つな》がる石段を登ると、分厚い扉がすでに開いている。四角く切り取られたような、眩《まばゆ》い太陽の光がある。

外に出て、久々の日光を浴びた時、その明るさに思わず目を閉じた。

だけど瞼を上げ、最初に見た山桜の美しさを、俺は二度と忘れられないだろう。

「…………」

舞い落ちる桜の花びら。降り注ぐ暖かな陽の光。

春の匂い。水の音。

鳥の鳴く声。体を撫でるような風。

嵐山に住む、月のモノたちの優しい眼差し。

これほど世界が美しいと思ったことはない。

俺は、自分が外に出られたことよりずっと、この世界の美しさに気がつけたことに、子どもながらに感動して、泣いていた。

だけど、この時の俺はまだ知らずにいた。

兄、文也が何を対価に、俺を外に出してくれたのか——


俺は、あの地獄のような座敷牢から出て、温かな家族のもとに戻ることができた。

龍の目覚めの周期から言って、儀式は俺が二十歳になる頃に行われるという。逃げないという約束をして、儀式までは普通の人間として生活をすることを許されたのだ。

十六夜は俺のことを徹底して無視するようになったが、父も母も妹の卯美も、俺が再び普通に生活できることを泣いて喜んでくれた。みんな少しやつれていたし、痩せていた。

両親は、決して兄の文也にだけ、全てを背負わせるつもりはなかったと思う。

だけどこの時、十六夜と交渉することができたのは、輝夜姫との婚姻が予言されていた、兄の文也だけだった。

兄は、曾祖父の十六夜に一生の忠誠を誓い、自分が何もかもを引き受ける覚悟で、俺を座敷牢から出すことを懇願したのだ。

十六夜は、文也が本家の当主の責務から逃げ出さないよう、俺という存在を足枷《あしかせ》にした。

兄が、その後の虐待にも似た当主教育に耐え抜いたのも、全て、俺を守るためだった。

それからの俺は、一族の中では腫れ物のような存在となった。

俺が不老不死であり、次の儀式の贄子であることは、五つの分家の総領や大御所たちには通達されるし、若くともある程度立場があれば、上から知らされている。

二十歳になったら死ぬ予定の人間に、水無月家特有の許嫁《いいなずけ》の話が来ることもないし、必要もない。分家の人間たちも、基本的に俺のことは空気扱いだった。

そもそも不老不死の贄子は禁忌の存在だし、いつか龍に食われて死ぬのだから、伏見一門の人間以外で、積極的に関わり合おうとする人もいなかった。

ああ、でも。長浜一門の信長《のぶなが》と真理雄《まりお》だけは、違ったかもしれない。

あの二人は、本家と因縁深い長浜の総領の息子たちだというのに、兄の文也とも仲が良く、俺のことも至って普通の人間として接してくれていた。

信長は親分気質で頼られたがるところがあったし、真理雄は水無月の一族の中ではかなり出来た人間なので、俺もあの二人のことが好きだった。

妹の卯美に至っては、許嫁の信長の前になると、あの凶暴な姿を隠してしおらしくなってしまう。兄としては複雑だが、どうやら信長の顔が好みらしい。顔か……

二人の態度が変わったのは、やはり、あの事件の後からだったか。

父・水無月天也が、長浜の地で事故にあって死んだ、あの事件。


どうして幸せな日々は、そう長く続かないのだろう。

何を乗り越えても、新しい厄災の種が芽吹き、花を咲かせる。

父はきっと、贄子である俺の話をするために、長浜一門の総領・水無月道長《みちなが》に会いにいったのだろう。長浜一門とは、天女降臨の地である余呉湖を守り、そこに眠る月界精霊・ミクマリ様に纏わることの全てを管理している分家だ。

要するに、余呉湖の儀式に対し、全ての決定権を持っている。

父は何かしら、俺を救う手立てを探していたのだと思う。

そして長浜の陰謀に巻き込まれて死んだ。

事故を装っていたが、あの父がそう簡単に死ぬはずがない。水無月天也という男は、それほどに強《したた》かで用心深い男だった。

だが、俺のことを盾に取られてしまえば、父はきっと命を投げ出す。

そして水無月家の中で起きた事件は、水無月家の中で処理される。

それがたとえ、殺人事件であろうとも。

父を愛していた母は毎日泣いていた。泣いて泣いて泣いて、やがて病んでいった。

兄の文也もまた、この日から面構えや纏う雰囲気が変わった気がする。

何があったのか、何を知っていたのかはわからないが、あまり笑わなくなり、覚悟のようなものがより深くその表情に刻まれた気がするのだ。

誰も、俺には何も伝えなかったが、俺にはわかっていた。

俺を守ろうとして、俺の運命を変えようとして、誰もが戦い、苦しんで、散っている。

それなのに俺は自分の好きなことをして、のうのうと、短い余生を楽しんでいるのだ。


父が亡くなり、母が病で眠りにつき、そして十六夜が老衰で逝った。

兄、文也の側で、後ろ盾になる本家の大人は一人もいなくなった。

兄の文也は、曾祖父の十六夜が死んだ時、当主の座を拒否したってよかった。

もともとは分家の身なのだから、苦しいばかりのその役目から逃げたってよかったし、伏見一門以外の分家からも、散々「そこから降りろ」と脅されていた。何度も何度も殺されかけた。だけど俺がいたから、逃げられなかった。

当主になることを放棄すれば、俺は確実に、生贄として月の龍に捧げられる。

当主であったとしてその宿命を変えるのは難しいが、せめてその座にいなければ、もう何もかもを諦めるしかなくなるから。

だから兄は、水無月本家の当主になった。分家の者たちに何を言われても、何を奪われても、当主としての権力だけは手放さなかった。

そして幼い頃に賜った予言の通り、本家の当主として、将来の花嫁である六花《りっか》さんを迎えにいった。

兄にとって、正統な本家の血を引く六花さんとの結婚は、切り札だった。

兄の行動の何もかもは、今日、この日の、俺のためにあったのだ。

だけど、もういい。もういいよ。

もう自由に、楽になってほしい。

六花さんという人と出会えたのだから、兄貴は彼女と幸せになるべきだ。兄貴が守るべきは、もう俺ではなく六花さんなのだから。

俺は十分、愛されたし守られた。父にも母にも、兄貴にも妹にも。

父の死も、母の病も、妹の嫁ぎ先が長浜なのも、兄が当主の立場から逃げられないのも、何もかも俺のせいだというのに。

俺なんかが生まれてこなければ、この家族は、もっと幸せだっただろう。

＊＊＊

「だから、いいんだ、六花さん」

俺は長い、過去の語りを終えた。

格子越しに見える六花さんの顔は、薄暗さの中でもわかるくらい蒼白《そうはく》で、さっきからずっと小刻みに震えている。だけど俺は、俺の言葉や意思を、本来の水無月家の長子である六花さんには伝えておかなければならないと思っていた。

彼女は兄の許嫁で、水無月家にとっては誰より尊い輝夜姫様だから。

「俺はもうとっくに覚悟している。確かにここで龍に食われて死んだ方が、俺にとっては救いなのかもしれない。時々、そう思うことがあるから。大切な人たちがみんな死んだ後の世界で、永遠に生きていくなんて俺には耐えられないから」

「葉君……でも……っ」

俺の話をずっと聞いてくれていた六花さんは、格子越しに俺の手をぎゅっと握りしめて、ずっと首を振っていた。

「そんな残酷な死に方、私には何が救いなのかわかりません。葉君が死んだら、文也さんも卯美ちゃんも悲しむ。私も絶対に嫌です。そんな死に方、許せない……っ」

いつもは控えめな六花さんが強く主張するので、俺は思わず苦笑した。

六花さんは、もう家族なんだと改めて思った。

「……そうだね。俺が死んだら、きっとみんな悲しんでくれる。特に兄貴は、俺を守れなかったことを一生後悔するだろう。見捨てないと言ってくれた。そのためだけに全てを捧げて頑張ってきた人だった。心が折れて、立ち直れなくなるかもしれない」

俺を守るために、自分の人生を削り取ってきた。

俺は兄貴に、返しきれない恩がある。

兄貴はきっと、俺を守るためなら、水無月家の掟や秩序も全部壊そうとする。六花さんのことだって利用する。自分の心を殺しながら、何だってするだろう。

それでもきっと、俺は龍に食われる。

なぜなら俺が、それを望んでいるから。

「六花さんは、兄貴のことが好き？　決められた許嫁であっても」

「え……？」

六花さんは、どうして今そんなことを聞くのかと、戸惑っていた。

「ねえ、兄貴のこと好き？」

もう一度問いかけると、彼女は目の端に涙を溜《た》めながらも、コクンと頷いた。

「……はい。もちろんです」

その返事に迷いがなくて安心する。六花さんが兄貴に惚《ほ》れていることは前々から気がついていたけれど、なんか、ちゃんと確かめたことはなかったから。

「よかった。なら、これからもずっと兄貴の側にいてやってくれ。六花さんがいてくれたら、きっと兄貴は、また立ち上がれる」

俺はこれを、六花さんに伝えたかった。兄の文也を、よろしく頼む、と。

六花さんが俺たちのもとに来てくれてよかった。

兄貴を好きになってくれてよかった。

立ち直るのがいつの日になるのかわからないけれど、あんなに優しいお兄ちゃんが、傷ついたままでいいはずないから。

俺がいなくなっても、兄貴は六花さんを幸せにするために、きっと立ち直ろうとするだろう。六花さんの存在が、ひたむきな愛情が、きっと兄貴の生きがいになる。

二人は本当にお似合いだ。お互いが運命の人だと、心底思う。

きっと、お父さんとお母さんのような、愛に溢れた夫婦になるだろう。

だからこそ、俺は思うのだ。

ああ、どうして、俺は生まれてきてしまったんだろう。

「俺なんて、生まれてこなければよかった……っ」

家族を苦しめ、迷惑をかけるだけかけて、死んでいく。

龍に食われて死ぬことでしか、恩を返せない。償えない。

そもそも、俺が生まれてこなければ、誰も苦しまなかったはずだ。

父も死なずに済んだだろうし、母は夢幻病《むげんびょう》にかかることもなかった。

俺のような化け物が、あの人たちから生まれてきてしまったことを許せない。

兄貴を、卯美を苦しめ続けたのが許せない。

俺さえ、俺さえ生まれてこなければよかったのだ。

ずっと知っていた。気がついていた。

あんなに愛されて、大事にされて、誰もが必死に俺を生かそうと戦ってくれたのに、生まれてきた意味を残せないまま、龍の餌になって死ぬ。


結局、皆を酷く悲しませて終わる。

それだけがとても、とても悔しい。

第三話

天女降臨の地（一）

「俺なんて、生まれてこなければよかった……っ」

葉《よう》君のその言葉が、私の耳に痛く響く。

いつも陽気で、笑顔の眩しい葉君。その葉君が抱え込んでいたむごい運命と、苦しみに、ボロボロと涙が溢れて止まらない。

どうして自分は、生まれてきてしまったのだろう。

かつて、似たような葛藤や絶望を私も抱いた。だけど葉君の抱いた感情は、私のものとは全然違う。

それは残していく家族への、愛に満ちた懺悔《ざんげ》だ。

「……っ」

ただただ愛に溢れた家族が、どうしてこんなことになってしまうのだろう。

私の以前の家族のように、拗《こじ》れているわけでもすれ違っているわけでもないのに。

なぜこんな理不尽な理由で、ボロボロになるまで追い詰める。

「そんな……そんなこと、言わないで、葉君」

私は言葉を詰まらせながら、ただ、首を横に振ることしかできなかった。

許せない。こんな運命は許せない。

葉君を助けたい。葉君は間違いなく大切な家族の一人だ。

誰もが必死に葉君を助けようとした理由が、私にだってよくわかる。贄子として差し出される運命なんて、間違っているからだ。

「ここから……逃げましょう葉君」

「え？」

「何とかして、この座敷牢から逃げましょう。長浜からも。そして嵐山のお屋敷に帰りましょう。文也《ふみや》さんと卯美《うみ》ちゃんが、待っています」

考えるより先に出た言葉だった。

あの美しい緑に囲まれた嵐山のお屋敷で、変わらず皆で、楽しく穏やかに暮らし続ける。

それが私の望みであり願いだ。葉君の手を握りしめ、私は本気の眼差しで訴えたけれど、葉君はただ目をパチクリとさせていただけで……

「たまげたなあ。六花《りっか》さんがそんなアクティブな提案してくるなんて」

「えっ」

「ダメだよ六花さん。俺が逃げたら、兄貴にまた迷惑をかける。言っただろう？　俺はこの日をずっと待っていたって」

「……葉君。で、でも」

「俺を助けようとしてくれている人たちには本当に申し訳ないけど、俺は儀式を受け入れているんだ。はっきり言うけどね、俺はここで死にたいんだ」

その言葉に、私は絶句する。

葉君には迷いがない。私の耳は、ちゃんとそれをわかっている。

だけど、納得ができない。

「で、でも……葉君……っ！」

「六花さんであっても、俺の決意を変えるのは、きっと無理だよ」

そう言って、葉君は私に向かってニコリと笑った。

これ以上、私に何も言わせない笑顔だ。

ひたすら混乱し、どうしようどうしようと考えていると、葉君はそっと私から手を離し、立ち上がる。そして座敷牢の中をぶらぶら歩き回りながら、

「あー、でもなあ。最後の晩餐《ばんさん》くらい、旨《うま》いもんが食いたい」

とか、呑気《のんき》なことを言う。

「こんな赤黒い不気味な座敷牢じゃなくて、綺麗《きれい》なお部屋で、フカフカの布団で寝たいんだけどなー。普通さ。神様の生贄に選ばれた子どもって、もっといい扱い受けるもんじゃない？　昔話とか、民俗学的にもさあ。罪人じゃないんだからさあ〜〜っ」

今度は格子を摑んでガタガタと揺らし始める。

葉君の「どうせ誰か聞いてんだろーっ、出せ出せ！」という怒声が、このひんやりとし

た座敷牢に響いた。

　すると、格子の向こうの重い扉がゆっくりと開き、

「うるさいぞ、葉。動物園の猿じゃあるまいし」

「⁉」

　よく知った声が響いた。扉を開けたところに、長浜一門の若君・水無月信長《みなづきのぶなが》さんが、悠々と顔を扇子で扇《あお》ぎながら現れたのだ。

　信長さんの背後には、狐《きつね》面の真理雄《まりお》さんがいる。他にも何人か若い人たちがいる。長浜一門の人間だろうか。

「おい信長！　やーっと来たか！　何だよこの場所！　つーか動物園の猿って何だ！　俺たちは見世物でも罪人でもねーぞ！」

　葉君がまた、格子をガタガタと揺らして文句を連ねる。

　信長さんは口元を扇子で隠しつつ「やっぱ猿だ」とか言いながら、葉君の様子をじーっと見た後、

「六花様。こんなところに閉じ込めたままにしてしまい、大変申し訳ございません」

　格子越しの私に向かって目元を細めた。信長さん特有の作り笑いだ。

「長浜一門でも色々と意見が割れておりましてねえ。会合が長引いてしまったのです。でも、ご安心ください。お部屋の用意が整いましたのでご案内いたします。ですので六花

様。脱走など無謀なことはお考えなさらずに。どうか」

「え」

ど、どこからその話を聞いていたのだろう。

信長さんは目を細めたまま、念を押すように言った。

「たとえ俺たちから逃げることができても、ここ長浜の屋敷は山深い場所にありますので、下手をすれば遭難してしまいます。もしくは危険な野生生物の餌食になるかも。この辺、熊も出ますし」

「え……熊?」

というか、長浜のお屋敷も、嵐山のお屋敷のように山の中にあるんだ。

「熊だけならまだしも、ヤバめの月界植物も、様子のおかしい月界生物も、わんさといますからねえ、この辺」

ヤバめの月界植物、様子のおかしい月界生物とは……いったい……

「で、ですが! 私一人でこの座敷牢を出るなんて嫌です。葉君も一緒でなければ、私、ずっとここにいます!」

「六花さん」

私が格子越しに葉君の袖を摑んで、目元にギュッと力を込めて訴えた。

信長さんは扇子で口元を隠したまま、私たちをジロジロ見た後、

「……もしや、文也ではなく弟の葉とデキてるとか？　そういうアレですか？」

「えっ⁉」

そんな風に勘違いされるとは思わず、びっくりして上ずった声が出る。

信長さんはニヤニヤして、

「冗談です、冗談です」

と手を振りながら笑った。私は口をあんぐりと開けたまま、プルプル震えて固まってしまっている。

「つまんねーこと言うなよ信長。六花さんは兄貴一筋だし。俺もそうだし」

「チッ。このブラコンが」

葉君は私のように動揺することもなく、文也さんへの兄弟愛を貫いていらっしゃる。

信長さんも、葉君が文也さんを慕っていることをよく知っているみたいだ。

「六花様。そうご心配なさらずとも、葉も一緒にここから出して差し上げます。六花様にお見せしたいものもございますし」

「私に、見せたいもの……ですか？」

信長さんは「ええ」と意味深な笑みを浮かべた後、改めて葉君に視線を向ける。

「葉。お前も覚悟ができているようだから、俺の権限で少しだけ自由にしてやっていい。そういう交渉を親父《おやじ》としてやったんだから、感謝しろ」

「今から殺されるってのに、感謝しろって言われてもなあー」

葉君が嫌味を言いつつ、唇を尖らせている。

すると信長さんは、

「そこのところは、長浜の人間として、本当に申し訳ないと思っている」

「…………」

予想外にも硬い表情をして、真面目な声音で言うのだった。

私も葉君も、少し驚いてしまう。

しかしすぐに、信長さんは目尻の吊《つ》ったいつもの作り笑いになり、

「さあ。ご案内します。お食事も用意しておりますので」

私と葉君、それぞれの座敷牢の鍵を、側にいた者たちに開けさせたのだった。


座敷牢を出るとそこは古い蔵のような場所だったらしく、周囲は背丈の高い木々に囲まれた薄暗く深い山林で、少し歩いたところに大きなお屋敷があった。

ここが長浜一門のお屋敷なのだろうか。

山の形に沿った不思議な造形のお屋敷で、あちこちから赤い提灯がぶら下がっていて、それがすでにぼんやりと灯っている。まるでどこかのお宿のようだ。

予想外にも屋内は明るく活気があり、老若男女多くの人々が行き来している。

そして座敷牢と同じように、赤い壁と黒い柱が特徴的だ。

しかしあの不気味でおどろおどろしい雰囲気ではなく、あちこちに美しい花が飾られていたり、派手な金の襖《ふすま》で仕切られていたりと、全体的に明るく華やかな印象だ。高級旅館のような雰囲気というのが、一番近いかもしれない。

私と葉君はまず、それぞれ別室に通された。

一瞬不安になったけれど、どうやら湯浴みと着替えをさせてくれるようだ。

確かに私も葉君も、嵐山での騒動があった後そのままだったからか、何だかちょっと土っぽく薄汚れていた。

「ここからは私が案内します」

淡々とそう言ったのは、私と同じ年代だと思われる、着物姿の若い女の子。

さっき、信長さんや真理雄さんと一緒に座敷牢にもやってきていた子で、ショートボブカットと目尻の吊った目元が特徴的の、ツンとした雰囲気の子だ。

「あの。水無月六花といいます。よろしくお願いします」

「……ええ。もちろん存じ上げております。私は水無月永子《えいこ》と申します」

その子は名前を教えてくれたけれど、やはり笑顔もなく、とてもツンツンしている。

私のことは、あまり良くは思われていないのかも……

さて。永子さんに広々としたお風呂場に案内され、お湯を浴び、髪を乾かし、着物を着替える。

用意されていた夏物の絽《ろ》の着物は、仕立てられたばかりに思える、くすみのない薄紫色のもの。上品で大人っぽい。

描かれている花は、あやめ？　シャガの花かしら。

でもシャガの花はこの季節に咲く花ではないような。

もしかしたら、紫陽花《あじさい》と同じで水無月家にゆかりのある花なのかも。もしくは、私の知らない月界植物なのかもしれない。

されるがままにその着物を纏う。自分で着ますと言ったけれど、永子さんがやはりツンツンした声音で、

「若より、お世話を申しつけられておりますので」

と答えて、淡々と私に着物を着付け、髪を梳《す》いてまとめた。

永子さんだけではない。他にも何人か女中のような人が控えている。さっきも思ったけれど、本家とは違って多くの一門の人間がいるのだな。

改めて、嵐山本家のお屋敷と長浜一門のお屋敷は、雰囲気がまるで違うと思った。

嵐山のお屋敷は青と緑に溶け込む形で、凛とした静寂の佇《たたず》まいがある。

長浜のお屋敷はその真逆で、赤い壁や黒い柱、金の装飾が施された襖など、全体的に華

美で賑《にぎ》やかな雰囲気があり、人も多い。

準備を終え、廊下を移動する際にも、あちこちから敵意や興味を交えた、何とも言えない鋭い視線を感じた。

「あれが……本家の……」

「六蔵《りくぞう》様の……」

「道長《みちなが》様に……膝をつかせたらしい……」

ヒソヒソ声だが、私のことを噂《うわさ》する声も聞こえてくる。どこから誰が見ているのかわからなくても、神通力を宿す私の耳は、その声をよく拾ってしまう。

ここは水無月家の分家・長浜一門。

裏本家と呼ばれる大規模な分家であり、本家とは敵対している一門だ。

そして私は、敵陣に放り込まれた、水無月家の中でも極めて異質な経歴を持つ本家の女長子なのだ。誰だって敵視するに決まっている。

「少々こちらでお待ちください」

永子さんは私をある部屋に案内すると、そのまま出ていってしまった。

「…………」

やはり赤い壁の部屋だったが、その壁の一面を取り除いたような大きな窓が特徴的な、開放感のあるモダンな板の間。部屋には誰もいなかったが、一枚板の立派なテーブルが、ポツンと真ん中にある。

テーブルには食事の準備がなされていたけれど、私は、お料理よりもこの部屋から見える雄大な景色に、目が釘付《くぎづ》けだった。

自然と窓際に足が向かう。そこから、まだ明るい空と遠くに連なる山々、そして広々とした湖を望むことができた。ここが山頂にあるお屋敷なのだと、改めて認識した。

「いかがですか、六花様。嵐山とはまた違う、雄大な湖国《ここく》の風景は」

「あ……っ、信長さん」

隣に信長さんがやってきて、景色に見入っている私の顔を覗《のぞ》き込《こ》んだ。

さっきまでお部屋に誰もいなかったのに、いつの間に。

「あの。もしかしてあれが、余呉湖ですか？」

「いえいえ、こっちは琵琶湖《びわこ》です。全貌が見えないくらい大きいでしょう？　見えているところなんて、琵琶湖のほんの一部なんですよ」

「琵琶湖って……そんなに大きいのですね」

地図でしか知らずにいた、日本最大の湖である、琵琶湖。

山の上からも全貌が見えないなんて、まるで海だ。

私にはあまり馴染《なじ》みがないが、滋賀県は〝湖国〟とも呼ばれている土地で、琵琶湖を中心とした歴史や文化が息づいている。

であるのならば、天女降臨の地と名高い余呉湖は、どこにあるのだろう。

「余呉湖はねえ。反対側なんですよ。ここは、琵琶湖と余呉湖の間にある〝賤ヶ岳《しずがたけ》〟という山で、この屋敷は山頂に近い場所に築かれているのです」

私の疑問を感じ取ったのか、信長さんが扇子で顔を扇ぎながら説明してくれた。

「賤ヶ岳は、二つの湖を拝むことができるのが特徴でして。ちなみに俺は余呉湖より琵琶湖の方が好きなんです、ええ」

「若の湖の好みなんぞ、六花様からするとマジでどうでもいいと思いますよ」

いつの間にか真理雄さんも側に来ていた。

「うるさい真理雄。琵琶湖を舐《な》めるな」

「あんた琵琶湖の何なんですか」

信長さんと真理雄さんがいつものようなツッコミ合いをしている中、浴衣姿のさっぱりした葉君が、テーブルに並んだご馳走《ちそう》に目を輝かせて「すげーすげー」と言っていた。

どうやら、真理雄さんが葉君をここへ連れてきたようだ。

「これ、もしかして近江牛《おうみ》？　やったー、すき焼きじゃん」

テーブルに並んだ、豪華な旅館の夕食のようなお料理に、葉君がはしゃいでいる。

確かに、美しい霜降り肉と、すき焼きの具材のようなものが席に準備されている。

それを見て信長さんは自慢げに語った。

「滋賀の誇る、三大和牛の一つである近江牛。一際新鮮で上質なものを用意してやったぞ、葉。それに、近江牛は肉寿司《ずし》にしても美味《うま》い」

「肉寿司⁉　なにそれ食ったことねえ！　うわっ、めっちゃ美味そうじゃん！」

ちょうど肉寿司が、立派な桶《おけ》に並べられて、運ばれてきた。一見マグロの大トロのお寿司のように見えるが、よくよく見ると、確かにさしの美しい生の牛肉のお寿司だ。お肉が赤くツヤツヤと輝いている。これは……美味《おい》しくないわけがない。

「まあせいぜい好きなだけ食え。他に食いたいものがあれば、何だって用意させるぞ。残り短い人生に悔いのないようにな」

「信長！　お前、やっぱ話のわかる奴じゃーん」

葉君は信長さんの背中をバシバシ叩いた後、ウキウキしながら席に着く。

そして「六花さんも早く早く！」と私を呼んだ。

何だろう、この違和感。私以外みんながみんな、葉君の贄子の運命を受け入れている。

私はこのようなご馳走が目の前に並んでいても、気持ちが沈んでしまっていて、全くご飯を食べられる気がしない。そんな私が、おかしいみたいだ。

でも葉君はお腹を空かせていて、目を輝かせて食事を楽しみにしている。

それも事実で、水を差したり、邪魔してはいけない。

何だかそんな気分にもなってくる……

「六花様、どうぞ」

「あ、ありがとうございます、真理雄さん」

戸惑いながらも、真理雄さんが椅子を引いてくれた席に座った。

真理雄さんはこの部屋の出入り口付近に控えていた。一緒に食事しないのだろうか。

「それでは、湖国の恵みをお召し上がりください」

「いただきまーす」

「……いただきます」

葉君は早速ご馳走を口にして「うわー、うめー。これもうめー」と舌鼓をうっている。

ちょうど目の前にお造りがあって、その刺身が何のお魚かわからずに首を傾《かし》げた。

サーモン？　いえ、近いけれどもう少しだけ、落ち着いた色合いをしている気がする。

「これは琵琶湖でとれたビワマスの刺身でしてね。六花様はビワマスをご存知ですか？」

「い、いえ」

信長さんが尋ねてきたので、私は小さく首を横に振る。初めて聞く魚の名前だ。

「ですよねえ。六花様は東京育ちと聞きましたから、琵琶湖の魚を召し上がったことがないのではと思いましてね。ビワマスは琵琶湖の固有種で、琵琶湖の宝石とも呼ばれている魚です。まあ召し上がってみてください。ちょうど旬を迎えているので美味しいですよ」

「はい……」

私は信長さんが熱心にオススメしてくれたビワマスというお魚のお刺身を、少しだけお醤油《しょうゆ》につけて、一口いただいた。

「⁉」

驚いた。味はサーモンのお刺身に似ていて、柔らかく脂がしっかりのっているのだけれど、クセがなくあっさりとしていて、澄んだ味わいをしている。とても美味しい。

それに……嚙みしめた先から、強い、月の気配を感じる。

「我々には染み入るでしょう？ 琵琶湖の魚は、水無月の人間にだけ感じることのできる月の気配を帯びている。というのも、我々長浜一門が崇める月界精霊・ミクマリ様は、普段は余呉湖の底で眠りについているのですが、百年に一度の儀式の時期になると目覚め、活発化し、毎晩のごとく琵琶湖に移動して、広い湖を回遊しているのです」

要するに、ミクマリ様にとって余呉湖は寝床で、琵琶湖は遊び場って感じです。

と信長さんは付け加えた。

「そのせいもあり、この時期の琵琶湖の魚は、いっそう月の気配を帯びるようになる。ミクマリ様の恩恵を直《じか》に受けますからね」

信長さんは意味深な口ぶりだ。その言葉の中に、何かを隠しているような……

でも、私の耳ですら、それらを全て捉えきることができずにいる。

「へぇえ。ミクマリ様ってそんなアクティブなんだ。じゃあ今夜も余呉湖から琵琶湖に移動するのか？　そういうの、見れんの？」

「ああ。今夜見てみるといい。龍が空を舞う姿は、なかなか圧巻だぞ」

「見る見る。せめて強くてでかくて、カッコいい龍に食われたいしなー」

「そこのところは安心しろ。余呉湖のミクマリ様は、月界精霊で最強だ」

「はあ？　嵐山のオオツノ様の方が偉くね？」

信長さんと葉君が、謎の張り合いを始めた。

だけど二人の間に、以前伏見で鉢合わせた時のような、ピリピリしたものはない。

葉君はむしろ、儀式を前に色々と話をしてくれたり、望みを叶《かな》えてくれている信長さんを、この時ばかりは信頼しているようで……

「おや。六花様。お口に合いませんか？」

私の食べる手が止まっていたからか、信長さんが私を気にかける。

私は慌てて首を振った。

「い、いえ。とても美味しいです。美味しすぎるくらいで……」

そう。美味しい。目の前のお料理はどれも普段食べることのない、ご馳走ばかりで……

だけど、儀式が刻一刻と迫っているのを感じる。

私が食べたこのお魚や、お肉のように、葉君もまた龍に食べられる。

人間が当たり前のように生物の命を貰《もら》うみたいに、人間より遥《はる》かに偉い存在が、葉君の命を貰って食べる。そんな考えに至ると、涙が溢れてきてしまう。

到底受け入れられないのに、私以外がみんな受け入れているみたいで、途方もなく辛く感じてしまう。私は今、美味しいご馳走を前に水無月家の泥沼に浸《つ》かっている。

「六花さん……？」

「おやおや。泣いてしまわれた」

葉君が席を立ち、私の側にやってきて「どうしたの？」と顔を覗き込む。

「いえ、ごめんなさい葉君。せっかくのお食事の席で」

葉君は、とても楽しそうにしていたのに……。

食べる、という行為そのものが、この先の儀式を彷彿《ほうふつ》とさせて辛くなってしまった。

「お気持ちはわかりますよ、六花様。水無月《うづき》家ってほんと異常ですよね。外で育ったあなたが、気を悪くするのも当然だ」

信長さんが嫌味っぽく笑う。そしてスッと、熱の冷めたような目になる。

「ですがいつまでも、メソメソしたお嬢さんでは困ります。あなたはあのように大規模な念動を使った後ですから、無理やりにでも食べて、回復していただかなければ」

「六花さんは繊細で優しいんだよ！　お前のような、人の心を持たない奴と違ってな」

葉君が反論すると、信長さんはまた鼻で笑って「心外だな」と言った。

「俺ほど、人の心を持った男はいない。良くも悪くも」

そしてグッと、グラスの飲み物を飲んでいた。

……何だろう。何だか話が妙だ。

食べて回復するということは、本家のお屋敷で使ったような念動を、私が再び使えるようになるということでは？　私が儀式の最中に、暴走しないとも限らないのに……

「まあ確かに。うちの一族って食べないと元気出ないからな。六花さんも食べられるだけ食べときなよ」

「……はい」

葉君に言われて、私は袖で涙を拭って、頷く。

食べよう。今の私にできることは、泣いていることじゃない。

きっと、力を蓄えておくことだ。

第四話
天女降臨の地（二）

食事の後、私と葉《よう》君は信長《のぶなが》さんと真理雄《まりお》さんに連れられ、長浜の屋敷の外に出た。

時刻は午後の七時過ぎ。夏特有の明るさがまだ残っていて、木々のシルエットの隙間から、淡い色合いの空が見える。

賤ヶ岳の山頂付近にある長浜のお屋敷は、外から見ると本当に大きい。琵琶湖側の山の斜面に沿うような形で、数奇屋《すきや》造りの建造物が、広大な範囲にわたって築かれている。

賤ヶ岳とは、歴史的にも有名な大合戦のあった場所だ。

この辺には登山客も来るらしいのだが、長浜一門の屋敷や敷地《しきち》は結界に囲まれており、外部の人間にこの辺の存在を気づかれることはないらしい。

ただ、稀《まれ》に迷い込んでくる登山客もいるらしく、そういう人には隠れ宿のように振る舞い、おもてなしして、翌日には結界の外の下山ルートまで案内するそうだ。それもあって、宿のように振る舞える構えをしているのだとか。

しかし、このように迷い込んだ人が、再びこの隠れ宿を訪れようとしても見つからないので、まるで狸《たぬき》か狐に化かされたような気持ちになるとか。日本昔話にありそうだ……

そんな話を、饒舌《じょうぜつ》な信長さんから聞きながら、私たちは賤ヶ岳山頂の、開けた場所にやってきた。

そこには数人の長浜一門らしき人物たちがすでに集まっていて、信長さんがやってくると「若」「そろそろですよ」などと声をかけていた。そして信長さんの後ろにいる私や葉君を、チラチラと見ていた。そんな視線が気になりつつ、私も葉君も、山頂に立つ。

「わあ……」

私は思わず、感嘆の声を漏らした。

信長さんは、私の反応を満足げに見た後、

「ご覧ください、六花《りっか》様。あれが天女降臨の地、余呉湖です」

それを、誇らしげに知らしめた。

賤ヶ岳山頂から見下ろす余呉湖は、さっき見た琵琶湖に比べると遥かに小さい。全貌の見えなかった琵琶湖に比べ、ここからであればその全貌を拝むことができるもの。

歪な円を描く湖は、夕焼け色に染まる田園や農村、雄大な山々に囲まれて、埋もれる形でそこに鎮座している。

何よりその湖の水面から、月の気配が、キラキラした光の粒のように天に昇り立っている。月の方へと。

「……っ」

ゾクゾクと鳥肌が立ち、思わず体を抱いてしまった。

真夏だけど、山の高いところは少し肌寒い風が吹いている。

だけど、そうではない。これが天女降臨の地、余呉湖。

そして余呉湖の水面に蠢《うごめ》く、長く黒い影を私はすでに見つけている。

きっとあれは、水無月《みなづき》家の人間にだけ見えるものだ。

「あれは……もしかして……」

小さく掠れたような声で呟《つぶや》くと、隣にいた信長さんが私の顔を覗き込みながら、念を押すような声音で教えてくれた。

「ええ、そうです。上から見るとよくわかるでしょう？　湖の中で龍が動いているのが」

ドクンドクンと、自分自身の胸の鼓動が、やけに大きく聞こえてくる。

私はチラッと、信長さん越しにいる葉君を見た。彼はとても淡白な眼差しで余呉湖を見下ろしている。葉君にだって、余呉湖の水底《みなぞこ》で動く龍が見えているはずなのに。

恐ろしいに違いない。憎らしいに違いない。だけど震えもしないで……

「出てくるぞ！」

誰かの叫ぶ声がして、ここにいたみんなが余呉湖を注視した。私も同じ方を見る。

余呉湖の中心付近だろうか。水面が震え、こんもりとした水の盛り上がりのようなものができたかと思うと、

「あ……っ」

突然、巨大な何かが水面から飛び出し、天に向かって細く長いシルエットを描いた。

余呉湖からまっすぐに伸びたそれは、青緑色の鱗《うろこ》を光らせ、長い髭《ひげ》をしならせ、爪の鋭い脚を持ち、そこに宝玉を握りしめている。

誰もがお伽話《とぎばなし》などで思い描くような、伝説上の〝龍〟そのものだ。

少しの間、龍が余呉湖の上をうねうねと飛んだかと思うと、凄い速さで私たちのいる賤ヶ岳山頂を飛び越え、おそらく反対側にある琵琶湖へと移動した。

それは声も上げられないほど、一瞬の出来事。

余呉湖の龍。月界精霊ミクマリ様。勇ましくも恐ろしい、この世にあらざる生き物の姿形をしていた。

私は呆気《あっけ》にとられ、さっきからずっと体を強張《こわば》らせている。

だって私は、私の真上を飛んだ龍と、一瞬だけ目が合った。

その龍は、キラキラした光を無数に溜《た》め込《こ》んだような瞳を持っていた。

まるで宙《そら》の星々を蓄え続けたような……そんな不思議な瞳だった。

だけど、その視線はピリピリと肌を刺すような厳かな威圧感に満ちていた。

龍の移動を見学していた長浜一門の人間たちが、あちこちで歓声のようなものを上げたり、手を合わせて拝んだりしている。長浜の人々にとって、ミクマリ様は一門の象徴であり、讃《たた》えるべき神のような存在なのだろう。

誰もが移動した龍を見ようと、琵琶湖の見える方へと向かう。

葉君も「俺も琵琶湖見てくる！」と言って、真理雄さんに監視されながら、そちらへと行ってしまった。

葉君は、なぜ龍を直視することができるのだろうか……

「六花様も行きますか？　龍が広い琵琶湖を悠々と泳いでいる姿が見られますよ」

「……いえ」

私はというと、そちらへ行く気にはなれず、首を横に振った。足が動かないのだ。

ただ、信長さんと二人きりになったからこそ、確認したいことも色々とあった。

「その、今のは……水無月家の人間ではない人々には、見えていないのでしょうか」

私がポツリと問いかけると、信長さんは、

「ええ、龍もまた月のモノですから、一般人に目視できるものではありません。それはそうと、長浜は〝結界〟の神通力を持つ人間を多数抱えているのですが……ここから六花様にも確認できますでしょうか」

信長さんは閉じた扇子の先を動かしながら、改めて余呉湖を見るよう、私を促す。

目を凝らすと、確かに余呉湖の湖岸の至る所に、長浜の人間らしき黒い着物の人々がいる。何か、装置のようなものを置いて、余呉湖全体に結界を張っている。

「龍が目覚めてからは、彼らがいくつかの月界遺産を駆使しつつ、常に湖の周りに結界を張っています。この結界は龍を出さないためのものではなく、一般人や余呉湖の周辺に龍の影響を与えないためのものです」

龍を我々の結界ごときで閉じ込めることなどできませんから。

そう、信長さんは付け加えた。

「なので、今のような一連の出来事は、この付近に住まう一般人に何の影響も与えません。多少、強い風が吹いたな、水面が揺れたな、と感じるくらいで。もちろん、この先の儀式を一般人に確認されることも……ありません」

私はグッと眉を寄せ、無意識のうちに手を握りしめていた。

「六花様はきっとお気づきになられたと思いますが……龍は、とても気が立っている」

私は少しだけ間を置いた後、ゆっくりと頷いて、隣の信長さんを見上げた。

「龍と少しだけ目が合って、その怒りを感じました。なぜ、龍は怒っているのですか？」

「うちの親父がねえ、色々と身の程知らずな実験を、余呉湖で繰り返しまして」

「え……？」

「そのせいで龍が数年早く目覚めてしまいました。本来であれば葉が二十歳の頃に目覚めるはずだったのですがね。約四年ほど早まった形です」

信長さんは、私の顔色を見ながら、話を続ける。

「誰だって他人に起こされるとイラつくでしょう？　早々に贄子を差し出さねば、いずれは結界が崩壊し、龍の怒りがこの地に降り注ぐ……というわけです。もともと月界精霊の中でもトップクラスに凶暴なのが、静かの海のミクマリ様です。その龍がお怒りなのですから、はてさて、儀式はどうなることやら」

自分たちが、わざわざ早くに、龍を目覚めさせておきながら……っ。

私はそんな憤りをグッと堪え、

「そ、その……例えば本当に、贄子が龍に食べられるとして……」

いや、そんなことは絶対に、許せることではないけれど、

「痛みや苦しみは、ないのですか？」

私はそれを聞いておきたかった。

信長さんは少し黙り、扇子で口元を隠しつつ「うーん」と唸る。

「それは、どうでしょう。今までの儀式の記録では、結構むごたらしいことになっているようですが。詳しい話は六花様の気分を害してしまうかも」

「え……」

私は口元に手を当てて、押し黙る。

一気に体が冷えていく。大切な人が酷い目にあうことなど、想像もしたくなかった。

だけどそれは、想像を上回る現実として、もうすぐにでも私の目の前に訪れる。

「信長さん」

「はい？」

「儀式はいつ行われるのですか？」

「……おそらく、明日の日没です」

「では、どうすれば葉君を助けられますか」

私の直球な問いかけに、信長さんと私はしばらく視線を交わしていた。

信長さんの赤い月の気配を宿した瞳に、気圧《けお》されそうになるのを、私もまた耐えていた。

少しして、彼が苦笑いし、

「俺は長浜の人間ですよ？　余呉湖の儀式の成功は長浜一門の天命です。これを失敗すると、多くの無関係の人間の命が脅かされますから、こちらも必死なわけで。水無月家の人間一人を犠牲にすることも厭《いと》わないのです。六花様にもご理解いただきたい」

「それでも……っ」

長浜一門の天命も、理屈も、わからなくはない。

天女の末裔の使命は、きっと私が思っている以上に過酷で、何かを間違うことは許されない。一族の掟を遵守すること、それ即《すなわ》ちこの世の者たちを守ることでもあるのだ。

だけど――

「それでも、私にできることは一つもないのですか」

私は葉君を、私のことを家族と言ってくれた人を諦めるわけにはいかない。

「私は……私は〝輝夜姫《かぐやひめ》〟なのでしょう？」

本家の女長子、輝夜姫。そんな風に呼ばれても、ずっとピンとこなかった。

こういう時に葉君を救えないのなら、なおさら、この名前や立場に意味なんてない。

「そうですねえ。六花様は確かに水無月家にとって唯一無二の、輝夜姫様です。方法が一つもないというわけではありませんが……うーん」

信長さんはピシッと音を立てて扇子を閉じ、その先を口元に当てつつ、何か言いづらそうに唸っている。この人が、言葉を遠慮して言いづらそうにしているなんて……と、その時だった。

「これはこれは、六花様。こちらに来ていらっしゃったのですね」

背後から聞こえてきた低い声に、私はゾッとする。

恐る恐る振り返ると、そこには長浜一門の総領・水無月道長《みちなが》が、数人のお供と共に立っていた。私の隣にいた信長さんが、ピンと張り詰めた緊張を帯びたのがわかった。

「先刻は大変失礼いたしました。あのような乱暴な連れ去り方をしてしまい、さぞ気分を害されたことでしょう。我が家のもてなしはいかがでしたかな？　お気に召していただけると嬉《うれ》しいのですが」

そんなことを言いながらも、そのギラギラした眼差しは、私に対する敵意を隠しきれてはいない。私の耳はそれをわかっている。

「道長……さん」

私がグッと表情に力を込め、視線を落としてこの敵意のようなものに耐えていると、この男はニヤリと口角を上げ、私に告げた。

「そうそう。この際ですので、単刀直入に申し上げる。あなたが嵐山の本家に戻ることは、今後一切ないでしょう」

私は顔を上げ、大きく目を見開く。道長さんは今までで一番、悪い顔をしていた。

「儀式終了のあかつきに、あなたには長浜に嫁いでもらう」

「…………」

言葉を失った私の代わりに、ちょうどここに戻ってきた葉君の、

「はあああ⁉」

という叫ぶような声が響いた。葉君は、今まで見たことがないくらい怒っていた。

「ふざけんなお前！　分家の総領ごときがいったい何様だ！　六花さんは兄貴の許嫁だぞ！　誰がお前たちなんかに……っ」

今にも道長さんに殴りかかる勢いだったが、信長さんがすぐに真理雄さんに視線を送り、真理雄さんが葉君を後ろから取り押さえた。そしてすぐに、口を布のようなもので塞ぐ。

葉君はそのまま倒れ込み、スッと意識を失った。

「葉君……っ！」

私が葉君のところへ駆け寄ろうとすると、信長さんがグッと私の手を引いて、

「眠っているだけです。ご安心を」

と小声で耳打ちしてくれた。

「ふん。贄子ごときが」

道長さんは、眠る葉君を見下ろし、鼻で笑っていた。

再び私を鋭く見据え、道長さんは一歩、一歩と近寄ってくる。

「六花様にとっても、悪い話ではないと思いますがねえ。なにせ長浜は本家より遥かに大規模で、数多《あまた》の事業に成功しており、金がある。長浜に嫁げば、あなたは欲しいものを全て手に入れ、何不自由ない生活を送ることができる」

その目が、声が、本気で恐ろしい。

この人はきっと、今までもそうやって、全て自分に都合良く動かしてきた人なのだ。

「わ……私の欲しいものなんて、ここには一つもありません。私と葉君を、嵐山に帰してください」

「ほお。いったい何が不服なのですかな？　誰でも好きなのを選べばいい。信長でも真理雄でも。私と血の繋がった息子であれば誰でも。それに……」

道長さんはグッと私の方に顔を近づけ、優しい声音で囁くように言った。

「あなたが長浜に嫁ぐと言ってくだされば、今回の儀式を、取りやめてやってもいい」

私は瞬《まばた》きもできず固まってしまう。

この男が嘘《うそ》をついているのかどうか、それを声から判断するより先に、私はその言葉に揺らいでしまっていた。

葉君を贄子として差し出したくないという願いが、僅かな希望を求めたのだ。だけどその時、文也《ふみや》さんの顔が浮かぶ。

長浜に嫁ぐ。それは文也さんとの結婚を、諦めるということだ。

「あっはははははは!」

突然、信長さんの大きな笑い声が響いて、私はハッと意識を現実に戻す。

「お父上、困ります。そういうの今、セクハラっていうんですよ~」

自分の父に対しても、ねちっこく嫌味ったらしい言い回しは健在だ。

私を後ろに隠しながら、信長さんは私と道長さんの間に立つ。

「あなたの時代はどうだったか知りませんが、今時、無理強いは流行《はや》りません。六花様が嫌悪感満載の蒼白な顔をして、ドン引きしておられる」

「…………」

「それにお父上。あなたは俺たちのような愚息にくれてやる気なんてないでしょう。あなたなら絶対に自分で手に入れようとする。あなたの女癖の悪さは誰もが知るところだ」

道長さんが、ピクリと目元を震わせた。私もその言葉の意味を理解し、青ざめる。

信長さんは扇子を開き、それで口元を隠しながら、自らの父に向かって煽《あお》るような言葉を連ねた。

「そもそも六花様はまだ十六。結婚できる歳ですらありません。つい最近、法律が変わって女性の結婚年齢は十八歳になったのです。ご存知ないのですかあ？　ご存知ないのでしょうねえ。あなたには関係ないから」

眉を寄せ、首を傾げる信長さん。似たようなことを、以前、文也さんが千鳥《ちどり》さんに言っていたのを思い出した。

「あなたは長浜一門のトップであっても、水無月家のトップではない。そこのところを履き違えてしまえば、他の分家もいよいよ黙っちゃいません。六花様を本家の当主とし、長浜からも花婿候補を立てるという話ならまだしも。一族にとって最も尊い、本家の女長子である輝夜姫様を、分家であるうちが強引に手に入れようなどというのは……」

「黙れ。長浜はただの分家ではない」

道長さんは重石《おもし》のような低い声で、信長さんの言葉を遮る。

今まで散々語っていた信長さんも、グッと言葉を呑《の》む。

「その小娘の嫁入りをもって、我々は裏本家から表の本家となる。この儀式で畳み掛けるつもりだ。偽りの嵐山本家など……当主の文也など、磨《す》り潰《つぶ》してしまって構わん」

「相変わらず、ぶっ壊れてますねえ、お父上」

信長さんと、道長さんがお互いに静かに睨《にら》み合《あ》っていた。

この二人は父と息子という関係でありながら、異様な空気の中にあった。

「その目で俺を見るな、信長。何度言ったらわかる」

「……神通力は使っておりませんが」

「お前、俺に口答えばかりしてどういうつもりだ?」

「口答えではありません。お父上のために言っているのです。このままではあなたは身を滅ぼす。……もう散々ボロボロですけど」

最後の言葉が癇《かん》に障ったのか、道長さんはカッと両眼を見開き、信長さんの胸ぐらを摑むと、もう片方の拳を振り上げ殴ろうとした。

それを見て、私は咄嗟《とっさ》に、殴りかかろうと振り上げられた道長さんの腕にしがみつく。

「やめて！　やめてください、道長さん！」

当の信長さんは殴られる覚悟だったのだろう。そういう表情だった。

だけど私は、親が子を殴ろうとするという瞬間の空気に、耐えられなかったのだ。

「どけ！　また俺の邪魔をする気か、水無月六花！」

「あ……っ」

道長さんは私が摑んでいた腕を振り払い、その勢いで私の体は地面に叩きつけられる。腕や、体の側面を砂利で擦《こす》って痛かった。

「六花様！」

信長さんが私の名を呼ぶ。信長さんを突き飛ばして近寄ってきた道長さんは、今度は私の胸ぐらを乱暴に摑み、持ち上げる。

その時に見た、道長さんの恐ろしい形相。

何だかそれは、私に憎悪を向けることを止められなかった母を彷彿《ほうふつ》とさせた。

「小娘が！　輝夜姫などと呼ばれて、俺より上に立っているつもりか。一族の男たちにちやほやされて調子に乗っているのだろう。菊石姫《きくいしひめ》もそうだった。私に楯突《たてつ》いて……っ」

「父上おやめください！　六花様相手に、乱暴なことはよせ！」

信長さんが、私に摑みかかる道長さんを引き離そうとする。

「俺に逆らうな、信長！　死にたいのか！」

道長さんがそう叫ぶと、信長さんは一瞬とても苦しそうな表情をした後、心臓のあたりを強く押さえ、その場に片膝をついた。彼の口の端から……一筋の血が流れている。

何。何が起こったの。

「真理雄、お前も動くな！」

「……っ」

すぐそこまで来ていた真理雄さんにも、同じように言って牽制《けんせい》する。真理雄さんも一瞬で体の動きを止めて、自身の、心臓のあたりをグッと摑んだまま、ドサリと倒れ込む。

その状況を、私はただ呆然《ぼうぜん》と見ていることしかできなかった。

何かとても恐ろしいことを、この男は息子である信長さんと真理雄さんに仕掛けた。それだけはわかる。

私が震える声で「信長さん、真理雄さん……」と呟くと、道長は摑んでいた私の胸ぐらをグッと引き寄せ、人のものとは思えない表情で、私を見下ろす。

「俺の持つ天女の神通力は〝眷属《けんぞく》〟というやつでね。血の繋がりのある我が子の命を、まるで眷属のごとく、自在に弄ぶことができる。要するに我が子であれば、生かすも殺すも俺の気分次第。念じるだけで、こいつらの心臓を握り潰すことができる！」

「………………」

信じられない、話だと思った。

親という存在に縛られる。そんな酷い、天女の神通力があるなんて。

両親という存在に苦しんだ私は、それを聞いてますます、萎縮していく。

「ここにお前の味方などいないぞ、水無月六花。息子たちもこんな風に、結局は俺に逆らえない。心臓を少し撫でただけで、このザマだ」

私はずっと押し黙っている。押し寄せる負の感情が今になって念動に変わり、ピリピリと肌を這い、ゆらゆらと空気を揺らす。しかし、

「また、念動で俺を跪かせる気か⁉　それをすれば絶対に葉は助からない！　信長と真理雄を、今、お前の目の前で殺してやってもいいんだぞ！」

ハッとして、無意識のうちに自身の力を引っ込めてしまった。

それを見て、道長さんは確信したように口角を引き上げる。このように脅せば、私には何もできない、と。

「ハハハハハハ！　何が輝夜姫だ！　輝夜姫などと呼ばれても、中身はただの小娘だ。輝夜姫など無力だ！」

こうやって、私を脅して屈服させることで、自身の優位を知らしめる。

「今ここで俺に跪《ひざまず》け！　葉を、信長たちを助けてくれと懇願しろ！　お前にできることなんてそれくらいしかない！」

「…………」

道長さんは満足げに私から手を離し、

「贄子を連れていけ。明日の儀式までそいつを目覚めさせるな」

今度は眠る葉君に指を突き付け、長浜一門の人間に連れていくよう指示を出していた。

ダメだ。このままでは本当に、何も、誰も助けられない。

この男はまともではない。葉君を、本当に贄子にしてしまう。

「待って、待ってください」

私は震える声で、道長さんを呼び止めた。

「お願いします。葉君を助けてください。これ以上、信長さんと真理雄さんにも、酷いことをしないで」

「…………」

「私が何でもします。言うことを聞きますから」

額を地面につけて、震えながらひたすら平伏《ひれふ》し、私は懇願した。

私のこの姿は、本家の輝夜姫とは思えないほどに、惨めで哀れだっただろう。

だけどそんなことはどうでもよくて、この時の私は、ただただそれ以上のことができなかったのだ。

言われている通り、輝夜姫なんていうものは、何もできない小娘だ。

私が跪くところを見て、

「見たか、お前たち！　俺は輝夜姫を服従させた！　本家は長浜一門に屈したのだ！」

嬉々《きき》として宣言する、水無月道長。

この場にいた長浜一門の者たちは僅かに戸惑いながらも、道長さんの機嫌を損なってはならないと、それを賞賛する。

しかし、

「もういいでしょう、父上。今のあなたを水無月照子《てるこ》が見たら、どう思うか……っ」

胸を押さえ、呼吸を乱しながらも、信長さんが道長さんの肩を引いた。

照子……さん？

道長さんは、その名を聞いてハッと固まった。

ちょうどその時、長浜の屋敷から使いの者が小走りでやってきて、

「道長様。京丹後《きょうたんご》一門の水無月五十六《いそろく》様より、お電話が」

「何？　京丹後が？　……チッ。水無月五十六め、この期に及んで」

道長さんは僅かに顔色を曇らせ、舌打ちをする。

そしてスッと無表情になったかと思うと、

「儀式が迫っている。その無能な小娘をどこかに閉じ込めておけ。そして儀式が終わるまで絶対に出すな。裏切ったら兄弟たちを全員殺すからな、信長、真理雄」

「……心得ております。父上」

私にもそれを聞かせるよう、信長さんや真理雄さんに命じた。

そして葉君だけは連れていき、屋敷の方へと戻っていった。

「…………」

あたりがしんと静まり返った後、信長さんは「チッ。クソ親父が」と舌打ちしつつ、自

身の口元の血を拭う。そして倒れ込んでいる真理雄さんの側にスタスタと向かう。

「おい。真理雄、生きているか？　生きているなら、死んだふりはよせ」

「……あ、はい」

真理雄さんは平然と起き上がる。その声はいつも通りだったけれど、狐面の端から血がポタポタと零《こぼ》れているのを、私は見た。

「はあ。今回は本当に死んだと思って、ヒヤヒヤした」

「うわキモ。俺が死んだと思って心配する若とか、キモ」

「……元気そうじゃないか」

真理雄さんはスッと立ち上がり、パンパンと膝を叩いた後、

「六花様に助けられたようなものです。道長様の八つ当たりを、一身に引き受けてくださったから。輝夜姫様にあんなことをさせてしまって。俺たちは水無月家の人間失格です」

「それは間違いないな」

信長さんが、今もまだペタンと地面に座り込んで呆然としている私の方を見た。

「父が大変なご無礼をいたしました、六花様。なかなか、無茶なことをなさいましたね」

「……あ。い、いえ」

私は声にならない声で返事をして、真理雄さんに支えられながら立ち上がる。

そして、近くにあった東屋《あずまや》のベンチに腰掛けさせてもらった。

誰もが少し、疲れていた。

「うちの親父、ヤベー奴でしょう」

「………………」

「もうね。ずっと前からあんな風にぶっ壊れている。俺が言うのも何ですけど、まともな奴じゃないんですよ。六花様も怖かったでしょうね」

信長さんの言葉でさっきのことを思い出して、何だか動悸《どうき》がしてきた。

そんな私を見て、真理雄さんが信長さんに突っ込む。

「怖かったなんてもんじゃないでしょう。アレに慣れている俺たちだって、今日機嫌悪いなー、怖いなーとか思ったりするのに。六花様にとってはトラウマものでは」

「おとなしい女性はあの手の男に押さえつけられがちだ。俺の母がそうだった。胸糞悪《むなくそわる》い」

「菊石姫様くらいでしたねえ、うちで道長様に反抗できたの」

「……だから、菊石姫様はあの男にとって、邪魔な存在になったんだろう」

菊石姫……？

信長さんと真理雄さんの会話をぼんやり聞きつつ、私は先ほど、道長さんに連れていかれた葉君のことが、心配で堪らなくなっている。

「あの。葉君は、どうなってしまうのですか？」

「……予定通り、贄子として龍に差し出されるでしょうね」

信長さんは平然と、前髪をかきあげながら答えた。

私は膝の上の手のひらをギュッと握りしめる。葉君を贄子として差し出したくない。そもそもそれまで、道長さんが葉君に酷いことをしないとも限らない。

この局面で、どうすれば葉君を助けられるのかを、混乱した頭で考えに、考えた。

「私……道長さんに、何でもすると言いました。私が長浜に嫁げば……儀式は本当に、取りやめてもらえるのですか？」

我ながら、絞り出したような不安定な声だった。

信長さんと真理雄さんは、私の発言に驚いたのか、少しの間キョトンとして、

「まさか本気ですか？　俺があのクソ親父に言った言葉の意味、わかってます？」

「……そ、それは」

「わかっていらっしゃらないのでは？　若、結構オブラートに包んで言ってましたから」

「はああ～。どうしたものか。幼気《いたいけ》な六花様に、キモくてＤＶ気質のおっさんにめちゃくちゃにされる話、なんてしたくないしなあ」

信長さんが、頭が痛いと言わんばかりに、額に手を当てて上を向いていた。

私は俯《うつむ》く。膝の上で握りしめていた手が震えていて、妙な怖気《おぞけ》が全身を這うような気持ち悪さがある。

今の話だけで、もちろん私だって、理解しているつもりだ。

水無月道長。本当に恐ろしい男だった。きっと、私の想像もつかないほど残酷なことを、何食わぬ顔でやってのける人だ。

「やめとけ、としか言えませんね。さっき思い知ったでしょう？　あいつは輝夜姫なんて全くと言っていいほど敬っちゃいない。約束なんて簡単に破るし、下手すればあなたがあの男に手籠《てご》めにされる。しかもそれで、根本的に儀式を回避できるわけではない」

「………」

「文也が好きなんでしょう？　六花様が長浜《うち》に嫁いで、それでゆくゆく文也が別の女と結婚したら、あなた耐えられますか？」

私の肩が、ピクリと上下した。少しの間、瞬きもできなかった。

いい、そこまで考えを至らせると、心の奥の深いところで、鋭い棘《とげ》の刺さったようなチクリとした痛みを感じる。

「水無月の人間の恋心を侮っちゃいけません。それは良い方に働けば一族繁栄の礎となりますが、悪い方に働けばあなたの父上や、うちの父のようになります。輝夜姫様ならなおさら危険です。だからどうか、ご無理なさらず」

信長さんは飄々《ひょうひょう》と言う。彼の言葉は、何もかもその通りのように思えた。

確かに私は選択肢が欲しくて、焦りに駆られて、浅はかな考え方をしていたのかもしれない。言うことを聞けば、葉君を助けてもらえるなんて、そんな保証はどこにもないのに。

「それよりも、もし……本当に葉を助けたいと思うのなら……」

信長さんは前のめりになって、秘密の話をするように小声になる。

「あなた自身が、葉の身代わりとして、龍の贄になるほかありません」

私はジワリと目を見開く。

密《ひそ》かに心が震えている。その方法が……あったのか、と。

「不老不死の人間って、水無月家では化け物扱い、禁忌扱いをされてしまいますが、それはここが地球だからであって、月界においては非常に格の高い存在だったようです。ゆえに贄子に相応《ふさわ》しい、となるわけで。ただ、輝夜姫であるあなたなら、龍はきっと喜んで受け入れてくれるでしょう。始祖の天女は、月界精霊に愛されていたらしいですから」

「…………」

「ですがこれは現実的な話ではない。水無月家としても、久々に現れた輝夜姫を失うのはマズい。そう……俺が言いたいのはね、あなたにしか成せないことがある、ということです。あなた自身が、あなたの武器なのです」

私自身が、私の武器……

「クソ親父はさっき、傲慢なことにこう考えたでしょう。お優しすぎる六花様には、脅しを利かせていれば何もできない。輝夜姫なんて怖くない、と。だからきっと油断している」

確かに私は何もできなかった。輝夜姫なんて無力だと思い知らされたばかりだ。

だけどもう一つ。私はさっきの一連の出来事で、知ったことがある。

「……そんな話を私にして、あなた方は儀式がどうなっても、いいのですか？」

信長さんや真理雄さんは、本当に本家と敵対しているのだろうか？

むしろ、あのような父が憎くて憎くて、仕方がないのではないか、と。

「まあ長浜一門の人間としては、儀式は無事に終わらせたい。しかし俺たちは、葉を贄子として差し出すという手段に拘《こだわ》ってはおりません。避けられるのであれば避けたい。ただ、六花様ももうお気づきとは思いますが、俺たちは父親に逆らうことができない」

「……道長さんの、神通力によって、ですか？」

「そうです、六花様。どれほどあいつを嫌っていて、憎んでいても、俺たちはあいつを裏切ることができないのです。あいつの神通力は、そういう類いのもの。血の繋がる我が子を、まるで奴隷か眷属のごとく、縛るもの」

「…………」

「あいつ自身が俺たちを必要ないと判断したら、即、心臓を握り潰されてお陀仏《だぶつ》です。俺だけではなく、ほかの兄弟姉妹たちも連帯責任で……ね」

信長さんがにっこりと笑った。私はずっと、真顔だった。

今やっとその声から伝わってくるのは、信長さんの、自身の父への強い嫌悪。

「ですから、ねえ、六花様。あなたが本当に輝夜姫だというのなら、葉も、俺たちのことも、救ってみせてくださいよ」

それは、作り笑いの下に隠した、自身の父への強烈な憎悪と、殺意だった。

「あなたが望めば、本気さえ出せれば、本当は水無月家を取り巻く物事など、何もかも思うがままなのですよ」

第五話

文也、全てはこの日のために。（一）

「お願いします、十六夜《いざよい》のおじい様。葉《よう》をあの座敷牢から出してやってください」

当時十歳の僕は、水無月《みなづき》十六夜の足元で土下座して懇願した。

「僕が、何だってあなたの言うことを聞きますから。あなたの望む、水無月家の当主になりますから」

この望みを叶えてくれなければ、今、目の前で毒を飲んで死ぬ――

そう言って、毒の小瓶を懐から取り出し、僕は十六夜を脅した。

それは、月界植物で作った毒だった。

この世に恐ろしいものなど何一つないような振る舞いをする水無月十六夜にとって、僕に死なれるのだけは、唯一問題だった。

僕という存在だけが、僕にとっての武器だった。

「……言ったな、文也《ふみや》」

十六夜は、生意気に駆け引きを持ちかけた、僕の髪を掴む。

そして乱暴に引き寄せると、恐ろしい笑みを浮かべて言った。

「葉を解放すれば、お前はもう当主の役目からは逃げられない。予言された〝六花《りっか》〟との結婚からも逃げられない！　何もかもがお前を、水無月家に縛り付けるからな！」

○

水無月家。

天女の末裔などと呼ばれ、まるで殿上人《てんじょうびと》かのごとくこの世を謳歌《おうか》してきた一族だ。

一族の人間たちは天女の血を引いているというだけあって見目麗しい者たちも多く、あらゆる分野において秀でた能力を持ち合わせている。もちろん個人差はあるが、総じて。

だけど、それが何だというのだろう。

こんなに醜悪な闇を抱えた一族が、他にあるというのだろうか。

僕はずっと、水無月家そのものが嫌いだった。

水無月家なんて、月界精霊もろとも滅んでくれていいのに、と思っていた。

それでも僕はこの水無月家の当主という立場から、一生逃げることはできないだろう。

そこから逃げてしまえば、もう、大切な弟を救う希望を見出《みいだ》せなくなるから。

しかし本家当主であっても、水無月家の最重要案件である月界精霊との盟約を覆すことはできない。

特に余呉湖に住むミクマリ様との盟約は厄介で、百年周期で生まれる〝不老不死〟の人間を贄子として差し出す儀式を執り行うことになっている。

また、ミクマリ様の儀式に関する権利や権限は、長浜一門がその全てを保有している。

ここに本家は、何一つ口出しすることはできない。

それでも一縷《いちる》の希望があるとすれば、それは本家の〝輝夜姫《かぐやひめ》〟という存在。

予言がなされるまで誰も知らずにいた、水無月六蔵《りくぞう》の娘、水無月六花という女の子の存在だ。彼女だけが葉の運命を覆す、その力を持っている。

僕も父も母も、そしてきっと十六夜もそう考えていた。この輝夜姫の存在に全てを賭けていたし、そのために動いていた。


これこそが、僕が六花さんを許嫁として迎えにいった本当の理由。

全ては、儀式が始まる、この時のため――


葉の命を救うために、僕は六花さんを、どうしても手に入れなければならなかった。

そうだ。僕は自分の願いのために六花さんの孤独につけ込み、優しくして、許嫁であっても恋はできるなどと言って、僕に好意を抱かせて、依存させた。

六花さんはそんなこと何一つ知らずに、僕を信じ、ひたむきな愛情を返してくれていたのに。

僕は、何と酷い男だろうか。

六花さんを利用するためだけに、あの日、あの時、迎えにいったのに。

それがなければきっと僕は、大嫌いな水無月家の、予言された許嫁などというものに反感を抱いて、彼女を愛そうとはしなかっただろう。現に、そういう時期もあった。

水無月家そのものが嫌で嫌で仕方がなかった水無月六蔵のように、決められた許嫁に反発したに違いない。たとえ、当の六花さんがどんなに良い子であっても……

六花さん。これが僕の正体です。

それでも僕は、六花さんの力に全てを委ねなければならない。それほどに無力だ。

『仕方がないだろう。俺たちは所詮、水無月家に掃いて捨てるほどいる男の働《はたら》き蟻《あり》だ。月より舞い降りた天女様……その存在に最も近い輝夜姫様には敵《かな》わない。だけどそれは、総領や大御所どもも同じこと』

そう、僕の耳元で囁いたのは、信長《のぶなが》だったか。

『俺たちは、俺たちの復讐を果たさなければならない。そのためになんだってすると、あの日俺たちは誓ったはずだ。そうだろう、文也』

水無月信長。

誰もがきっと、こう思っていたに違いない。

僕と信長は、本家と長浜の諍いを象徴するように仲が悪い、と。

だけど、違う。この局面まで誰にも気づかれることがなかったが、僕と信長は、実のところずっと協力関係にある。

きっと伏見のお祖母様や、卯美《うみ》や葉も気がついていない。

どこからどう見ても不仲。そう映るよう僕と信長は振る舞っていたから。

僕と信長が協力関係にあることを知っているのは、信長の腹違いの弟である真理雄《まりお》と、同じく腹違いの妹である永子《えいこ》。そして伏見一門の皐太郎《こうたろう》だけだった。


『俺たちの目的を思い出せ。そして遂行しろ』


六花さんを本家から攫っていった時の、信長の双眸《そうぼう》。

それは赤い月の気配を宿し、僕を見据えて、強烈に訴えていた。

六花さんを、輝夜姫を利用することを覚悟しろ——と。

信長が自分の手で六花さんを連れていったのは、きっと、僕にできないことを代わりにやろうとしているからだ。その一方で、水無月道長《みちなが》という男から六花さんを守りきれるのも、きっと信長たちだけだった。

そうであるのなら、葉と六花さんを、二人とも取り戻すために……

僕は僕にできることを、やらなければならないことを、やるだけだ。

水無月道長。
お前に——父を殺された復讐を果たすために。

○

六花さんが許嫁だと予言されたのが、三歳の初夏。

葉が不老不死の贄子とわかったのが、十歳の秋。

そして父・水無月天也《てんや》が死んだのは、僕が十二歳の春のこと——


あの日、僕と父と皐太郎は、滋賀県湖北の賤ヶ岳山頂に構えられている長浜一門の屋敷を訪れていた。

父は贄子である葉の件で、水無月道長に話があったからだ。

「いいか文也。お父さんはこれから、長浜の総領殿と長い話をする。お前は信長君や、真理雄君と一緒にいなさい」

「はい。お父さん」

父、水無月天也は、長浜一門の総領・水無月道長との話し合いをする直前、僕の肩に手を置いて、視線を合わせた。そして、

「誠実であれ。強《したた》かであれ。この先、何があってもこの言葉を忘れるなよ、文也」

改まって、僕にそう言い聞かせたのだった。

どうして今、それを僕に言うのだろう。

何だか妙に胸がざわついた。父は常々この言葉を僕に言って聞かせていたので、このような場所でもその心得を忘れるな、ということだろうか。

「はい。お父さん。僕はその言葉を肝に銘じています。忘れた日はありません」

父は安心したように微笑《ほほえ》んで、僕の頭をその大きな手でポンと包んだ。

「ならばどんな時でも、お父さんは文也と一緒だ」

今日は何だか、その言葉が特別重く、胸に残る。

僕のような、声に神通力がある人ではないのに、父の言葉はいつも力強い思念が宿っているように思える。大切なことを、しっかりと言葉にして残す人だった。

僕はそんな父のことを心から尊敬していたし、父のような大人の男になりたいと常々思っていた。父が僕の目標だった。

「皐太郎。文也を頼む」

「……はい。天也さんも気ぃつけて」

父は僕のことを伏見一門の皐太郎に任せると、水無月道長と共に離れの茶室に籠もった。

とても緊迫した空気が、大人たちにある。贄子である葉のことと、儀式に関する話し合いをするため、父はこの長浜の地にやってきたからだ。

しかし、何をもって、葉の贄子の運命を回避する交渉をするのか――

この時の僕には、まるで想像がつかずにいた。


その間、僕は長浜一門の信長や真理雄に相手をしてもらいながら、父たちの話し合いが終わるのを待っていた。

賤ヶ岳山頂の屋敷の敷地からは、余呉湖も、琵琶湖も両方が望めるスポットがある。

本家と敵対している長浜一門はあまり好きではなかったが、僕はこの、山頂から見下ろすことのできる琵琶湖や、余呉湖の周辺の景色が好きだった。

特に余呉湖は、天女降臨の聖地であると信じられるほど、美しい。

山々に埋もれるようにして鎮座し、雲間から差し込む光にキラキラと水面を煌《きら》めかせる湖は、果てしなく神々しく思えたのだった。

「余呉湖は確かに天女降臨の地に相応しい。神々しい月の気配に満ちているし、美しい。しかし俺は琵琶湖の方が好きだったりする。やはり何でも大きい方がいいからな」

信長は僕を琵琶湖の見える方にも連れていき、悠々と日本一大きな湖を見下ろしながら、扇子で顔を扇いでいる。信長はちょうど中学二年生だった。

確かに、余呉湖を見た後に琵琶湖を見ると、その大きさの違いに驚かされる。琵琶湖はやはり、でかい。ここからでも全てを見渡すことができない。

「まあ、うちの若は中二病を発症しており、琵琶湖を自分のものだと勘違いしてますから」

「勘違いじゃない。俺のものだ」

「今、若は滋賀県民を全員、敵に回しました」

「うるさい真理雄。俺が滋賀県民だ……っ」

真理雄はこの頃から、信長をしきりに弄《いじ》って遊んでいたっけ。僕はそんな二人のやりとりがいつも面白いと思っていて、クスクス笑っている。

歳でいうと、真理雄が僕の一つ上で、信長が二つ上。

二人は異母兄弟だったが、立場上あまり兄弟という雰囲気ではなく、あくまで若とその付き人だった。だけど僕は、この二人にも僕と葉のような兄弟の絆《きずな》があることを知っていたし、この二人の前では、僕もまた弟でいられた。

「そういえば、卯美は元気にしているか？」

「ええ。卯美は今日……凄く信長兄さんに会いたがってたのですが、父に止められてしまいまして。凄い暴れ方をしたので、僕はそれを制止するために腕を傷だらけにしました」

僕は自分の傷だらけの腕を見せる。

卯美の噛《か》み付《つ》いてきた歯型まで、まだしっかり残っている……

「アッハッハ。相変わらず凶暴だな。俺の許嫁は」

「……すみません。信長兄さんからすると、先が思いやられますよね」

僕は気まずい心地で、遠い目をしていた。

信長と卯美は、この頃からすでに許嫁同士だった。

予言で決まった許嫁というわけではないが、卯美の結界の力を見込んで、長浜側から申し出がありこの婚約話がまとまった。

卯美は信長に昔から憧れがあるようだから良いが、信長からすると、あのように凶暴な許嫁は正直ちょっと……という感じなのではなかろうか。いや、いつも卯美の話は笑って聞いていたから、よくわからない。

「でも卯美ちゃんは将来、凄い別嬪《べっぴん》さんになるでしょうねえ〜。なにせあの照子《てるこ》さんと天也さんの、いいとこ取りしたようなお顔立ちですから。そこのところだけ、若が羨ましいですねえ」

「真理雄はまだ、許嫁を決めないのか?」

「俺はほら、顔もこんなですし。立場もまあ微妙ですし。縁談話はそう来ませんね」

「…………」

真理雄はあっけらかんとした声で答えた。彼はいつも、顔を狐面で隠している。

その理由は、確か顔に大きな火傷《やけど》の跡があるからだ。

「真理雄には俺がそのうち、いい話を持ってきてやる。それより文也。お前こそ許嫁はどうした。次期当主のくせになぜ正式に許嫁を決めない。縁談話もたくさんあるだろうに」

「……十六夜様……当主が、決めかねていて」

僕はこの手の話題になると、こうやって誤魔化《ごまか》していた。

本家の人間は、当時、予言にあった〝輝夜姫〟の存在をひた隠しにしていたからだ。

僕に許嫁などいないことになっていて、ダミーの縁談話がいくつかあった。そうやって、分家に悟らせないようにしていた。

信長たちも、この時は六花さんの存在を、まだ知らずにいた。

しばらくして屋敷に戻ろうかという話になり、帰路についていた途中、僕は木々の生い茂る森の向こうに、茶室で話し合っているはずの父と道長の姿を見た気がした。

「あれ……」

もう、話し合いは終わったのだろうか？

「どうした、文也」

「ねえ、信長兄さん。話し合いは終わったのでしょうか。お父さんと……道長さんも森の向こうに行ってしまいました」

おかしいな、と思った。話し合いを始めてそれほど時間が経ったわけでもない。

贄子や儀式に関する話し合いだから、長引くだろう、と誰もが思っていた……

母屋から離れて、どこへ行くというのだろうか。

「…………」

すると信長が目の色を変え、二人を確認するために早足になる。木々の合間から、確かに森の奥に進む父と道長さんの姿を見たようだ。

信長の顔つきは、どこか険しい。

「真理雄。永子を呼べ」

「はい。若。というか永子はすぐそこにいますけどね」

真理雄は後ろの木を指差した。確かにそこから、顔を覗《のぞ》かせてじっとこちらを見ている女の子がいる。

水無月永子、という名前の信長と真理雄の腹違いの妹だ。

確か僕より一つ年下だったはず。彼女は少々変わっていて、今日もずっと僕たちに付いてきながら、背後の木に隠れたまま、じっとこちらを見つめていたのだった。

「永子、またストーカーか。いるなら堂々と出てこい」

「い、嫌よ、にい様」

「嫌じゃないから」

彼女は渋々出てきてくれた。

黒髪のショートボブカットの女の子で、目元は信長に似ていて涼しげな吊《つ》り目だ。

赤い着物を着ていて、僕とはあまり目を合わせようとはせず、顔にかかる横髪を弄っている。

「久しぶり、永子」

僕が挨拶しても、彼女はツーンとそっぽを向いている。

「おい。次期ご当主の前だぞ。挨拶しろ永子」

「……ふん。どうも文也様」

「いや……どうもじゃないから」

永子は昔から、僕に対しいつもツンツンしている。

僕が本家の人間だから嫌われているのかと思っていたが、信長や真理雄のような兄にも素っ気ないので、クールな性格なんだと思う。うちの卯美とはまた違うタイプだが、妹というのはみんなこんな風に、兄を困らせる生き物なんだろうか？

永子を連れてきたのは、きっと彼女が〝転移〟の神通力を持っているからだろう……

僕は信長たちの険しい表情や、ピリピリと緊迫した空気に不安を感じながら、父と道長の後を追っていた。

賤ヶ岳は群生しているシャガの花が見頃で、足元をその薄紫色の花が覆い尽くしている。

いや、違う。これはシャガの花に擬態している月界植物〝シャガモドキ〟だ。

長浜一門はこの〝シャガモドキ〟を独占的に栽培する権利を持っていた。

より生い茂ったシャガモドキの群生地には木の板で作られた細い歩道があり、僕たちはその手前で立ち止まる。何だか甘く、不思議な香りが一帯に充満している。

「あまりこの香りを嗅ぐな。鼻を塞げ」

焦った様子で、信長が着物の袖で鼻を押さえていた。

誰もが同じようにして、この匂いを嗅ぎすぎないようにする。

「この辺はシャガモドキが生い茂っていて、俺たち長浜一門も、生身ではあまり寄り付かない。シャガモドキの花は一般人にとってはただのシャガの花でしかないが、月界人の血を引く俺たちにとっては、麻薬のようなもの……」

信長が説明している途中、真理雄が「しっ」と、僕たち全員に静かにするように言う。

咄嗟《とっさ》に息を潜め、シャガモドキの群生地の手前で身を屈《かが》めた。

この群生地の只中《ただなか》に父と道長がいて、彼らは歩道を歩きながら、話し込んでいる。静かにしていると、会話の内容が聞こえてくる。二人は僕たちの潜んでいる場所に近い歩道を通り過ぎながら、こんな話をしていた。

「……道長さん。それで、僕の申し出はお引き受けいただけるのでしょうか」

「まあ、そう焦るな、天也」

歩道の途中で立ち止まると、道長は鼻や口元を大きな扇子で隠しつつ、群生するシャガモドキを見渡した。

「知っているか？　龍の贄子は、このシャガモドキの花を食ってから、その儀式に臨む。巨大な化け物に食われる恐怖を紛らわせるからだ。まあ、贄子に暴れられても困るから、これで意識を朦朧《もうろう》とさせる必要もある」

「…………」

「しかし龍の食事を見せつけられる方はたまったものではないらしい。儀式とはいえ、各分家の代表が立ち会い、見届ける必要があるからな。長浜には前回の儀式の記述が残っているが、それはもうむごたらしく食い散らかされるとか。ひと思いに丸飲みにすればよいものを、余呉湖の龍は贄子をいたぶって食う趣向らしい。その間、なかなか死ねないところが不老不死の不憫《ふびん》なところだ」

「……っ」

その時の、父と道長の正反対の表情は忘れられない。

父は最愛の息子がそんな目にあってたまるかという、強い憤りを露《あら》わにしている。

道長はそんな父を横目で見ながら、笑いを堪えるような、皮肉めいた声音で続けた。

「照子さんは、さぞ嘆き悲しまれるだろう。腹を痛めて産んだ子が、こんなむごい死を遂げるなんて」

「我が子がそんなむごい目にあう運命を、そう簡単に受け入れられる親がいるものか！」

父はもう我慢ならないと思ったのか、声を張り上げた。

「道長さん、あなただって多くの子を持つ父だ。葉を贄子に差し出したくない、代われるものなら代わってやりたい、我々の気持ちは理解できるでしょう！」

「ハッ。……何を言っている」

道長は笑った。

「天也。俺はお前とは違う。水無月家のためならば、一族の天命のためならば我が子だって差し出す。お前は本家の養子でありながら、そんな覚悟もないのか？」

道長はピシッと音を立てて、口元の扇子を閉じた。

「そもそも、大した神通力も持たない子どもは何の役にも立たないのだから、一人二人欠けようが構わない。天女の神通力には当たりハズレがあるからなあ……そのために多くの女に、子を産ませたのだ」

道長がこの話をした時、僕は僅かに、信長たちの顔色をうかがってしまった。

信長や真理雄、永子がショックを受けているのではないかと思ったのだ。

しかし彼らは、そんなことはもうずっと前から知っているような無感情の目をして、自分たちの父を静かに睨みつけていた。

「あなたという人は……っ。あなたが、自分の妻や子に何をしているのか知っているぞ！どうしてそう、家族に対して無情になれる！」

いつも穏やかな父が激昂《げきこう》し、道長の胸ぐらを摑む。

しかし道長は他人事《ひとごと》のような白々しい表情で「さあなあ」と言った。

「どうして家族を愛せないのか、俺にもよくわからない。しかし結構だ。お前たちのように、いざ我が子が贄子に選ばれて、見苦しく足掻《あが》くのはごめんだからな」

道長の口調は、徐々に熱を帯びていく。

「天也よ。例えば俺の子が贄子であっても、俺は躊躇《ためら》うことなく差し出すぞ。憎たらしいお前の子であれば、どうなろうと知ったことではないわ」

「…………」

「お前は葉の代わりに自分を贄として差し出すと言うが、それを受け入れてやるつもりはない。むしろ俺は、お前たちの子どもが贄子と知った時、嬉しかった」

それを聞いて、父はジワリと目を見開く。

道長は父を煽るように、その胸元に扇子の先を突きつけた。

「これでお前と照子さんを存分に苦しめることができる！　葉だけじゃない。文也も卯美も、お前の子どもたちは一人残らず、この俺が地獄に落としてやる……っ！」

僕は心底ゾッとした。どうしてこの男は、これほどまでに、僕たちの家族を憎んでいるのか、と。

こんな男を相手に、家族を、葉を守らなければならないことが絶望的に思えて仕方がなかったのだ。しかし、

「かわいそうな人だ、あなたは。照子の言った通り」

この時の父は、思いのほか冷静な声音だった。

道長に対し、哀れみと諦めの眼差しを向けている。

道長は薄ら笑いを消し去った。

「……なに？」

「あなたは手に入らなかったものを追いかけてばかりで、目の前にある大切なものを見ようとしない。あなたが虐げてきたものたちのことを、あまり、舐めない方がいい」

今まで余裕の表情を浮かべていた道長の、目の色が変わる。

怒り狂うかと思ったが、道長は余裕のない表情のまま「はっ」と笑った。

「お前ごときが俺に説教か？　天也」

「…………」

「親という基準で言うのなら、確かにお前の、我が子への愛情は正しいのだろう。しかし我々は水無月家。天女の末裔の、月界遺産を任された一族だ。水無月家の基準で言うのなら、俺の方がお前より正しい。……大御所たちもそう判断する。俺がこれからやることも、お許しくださるだろう」

道長は懐に扇子を仕舞い、その代わりにあるものを取り出した。

黒い拳銃だ。その銃口を、道長は堂々と父に向ける。

「死んでくれ、天也。お前は儀式の邪魔になる。かつて、贄子に選ばれた我が子を逃がし、儀式を失敗に追いやった愚かな先人のようにな」

道長は最初からこのつもりで、父を長浜の地に呼んだのだろう。

僕は思わず飛び出していこうとしたが、どうしてか体が動かない。

水無月家の、誰かの念動がそうさせている。

僕は咄嗟に信長たちを見たが、彼らもまた、体がピクリとも動かずにいるようだった。

なぜ。誰が。どうして……っ！

「この銃は月界の遺産〝今際《いまわ》の弾〟を込めたもの。お前も知っているだろうが、結界をゆうに貫くものだ。お前は大切なものを、何一つ守れずに死んでいく。なんと愚かで、不幸な男だろうか」

道長は、この日、この時を待っていたかのようだった。

饒舌に語りながら、父に絶望を刻もうとしている。

しかし父は、銃口を向ける道長に対し、驚くでも抵抗するでもなく、

「いいや。希望はある。葉は助かる」

それを確信しているかのように告げた。

その時、父は僅かに僕の方を見た気がした。僕がここに隠れているとわかっていたのか、父と僕の視線が交わる瞬間があったのだ。

父は一度目を伏せ、自らの胸元に手を当てながら、僅かに微笑んだ。

「僕は照子と結婚し、三人の我が子を授かった。たとえ葉が、贄子の運命を背負った子どもであっても、最愛の人と築いた幸せな人生だったと断言できる。一生のうちに、こんなにも尊い宝物を得たのだから」

その顔を上げた時、父は澄み渡った晴れ空のような顔をしていた。

「この想《おも》いに偽りはない。命を、賭けてもいい」

それは、何者にも脅かすことのできない、深い父親の愛だった。

このような状況でも、道長は最後まで、父を絶望させることはできなかったのだ。

むしろ父は、道長の持っていないものをたくさん持っている。

それを思い知らされたからか、道長は酷く逆上した。

「ならば月で息子たちを待っていろ！　天也ぁ！」

銃声が響く。

その銃弾は父の胸を撃ち抜いて、父は胸から血を噴いて後ろに倒れた。

ドサリ。歩道に倒れ込み、そのままシャガモドキの群生する花畑に滑り落ちる。

「……お……とう……」

――お父さん！

耐えきれず僕が声を上げそうになった時、後ろから僕の口を覆う大きな手があった。

「ボン。耐えてください。あれが天也さんの覚悟です」

皐太郎《こうたろう》だ。皐太郎がいつの間にか背後にいた。

いや、ずっと側にいたのだと思う。きっと僕たちを、念動で身動きできないようにしていたのは皐太郎だ。こいつは一族の人間の中でも、極めて強い念動の力を持っている。

「耐えてください。耐えてください、ボン。声出したらあかん。あなたが今出ていったら道長の思うツボや。あの人はあなたも殺す気でいはります」

いつも飄々《ひょうひょう》としている皐太郎が、今ばかりは辛い感情を耐えに耐えているような、険しい表情をしていた。だからこそ、僕はこの状況を把握し、言葉を失った。

お父さん。お父さん！

叫んで、飛び出して、今すぐ道長を殺してやりたかった。

それなのに僕は、ただただその場に留まり、声を殺して涙を流すことしかできない。

皐太郎の念動と、僕を守らなければというこいつの強い覚悟によって体を動かすことができないし、声を出すことを封じられている。

倒れた父の姿が見えない。まだ生きているかもしれない。

すぐに駆け寄って、側にいてあげなくちゃいけないのに！


「まただ」

隣で、信長の低い声が聞こえた。

「あのクソ野郎……またやりやがったな……っ」


この時、僕はハッと彼らの存在を思い出し、信長たちの表情を見た。

真理雄は狐面でわかりづらかったけれど、三人は今まで何度もこの光景を見てきたと言わんばかりの、憎悪を溜め込んだ月の気配を纏っている。それが、よくわかる。

今、撃たれたのは僕の父なのに……

「文也。もういい。十六夜様に告発し、他の分家の大御所にも協力を求めよう。天也さんを殺したのはうちの親父だ。俺たちは確かに見た。息子である俺が証言すれば、きっとあいつを……追い詰められる……っ」

水無月道長を告発し追い詰める。それを提案したのは、実の息子である信長だった。

確かに僕たちは今、道長が父を撃ったところを見た。だけど……

「それは、どうでしょうかね、信長君」

「皐太郎」

「他の分家の大御所どもは、おそらく見て見ぬ振りをするでしょう。水無月道長には、一応儀式を成功させなあかんという大義名分がある。それに、他の分家が口出しせんように、徹底して根回しをしている。大金を支払うて、多くの利益を提供して……ね」

「……だがっ。だからこそ、当主の十六夜様に！」

信長は、きっと当主の水無月十六夜であれば、本家の養子である父が殺されたことに対し怒るのではと思ったのだろう。

だけど、十六夜のことは、僕が一番よく知っている。

「信長兄さん。きっとそれも難しいでしょう。十六夜様は父の死を重くは受け取らない」

「文也……？」

僕は皐太郎の手を押し下げて、皐太郎にもう大丈夫だと視線で合図しながら、自分でも驚くくらい、淡々と告げた。

「今の僕たちでは、誰にも敵わない。僕たちの訴えは、磨り潰される」

信長は、僕のこの言葉にとても驚いていた。

「……文也。お前、何を」

「父の死も、きっと水無月の闇に葬られる。水無月の犯罪は水無月の中で処理される」

この時、多分、声の神通力が強く働いていたと思う。

僕は異様なほど冷静だった。まるで先ほどまでの父が憑依《ひょうい》したかのように。

大好きで、誰より尊敬していた父を、目の前で撃ち殺されたというのに。

「僕たちが何を言ったところで、道長を断罪することはできない。当主の十六夜も取り合わない。……僕たちは子どもで、水無月家において、まだ力がない」

「……文也……っ」

信長だって、おそらくわかりきっていた。

大人たちのやること、理不尽な暴力に、今のままでは敵わない、と。

一方で、それでいいのか、と僕に向かって強い視線で訴えていた。

「俺もボンに賛成ですね。今するべきはここで騒ぐことやなくて……全て知らんふりをして、静かに復讐の時を待つこと。準備すること。それができる瞬間は、きっとある」

「皐太郎」

皐太郎は、僕以上に冷静だった。

だけど復讐というこの言葉が強い熱を帯びていて、皐太郎の怒りの凄《すさ》まじさを、僕自身もひしひしと感じ取っていた。

「それに信長君。君がお父上の犯罪について証言するのは、君たち兄弟にとってかなり危険なことなんちゃいます？　水無月道長の〝眷属〟の神通力がどのように使われているのか、俺は知っていますよ」

「……っ、それは」

皐太郎の指摘に、信長は悔しそうに目を伏せ、歯を食いしばっていた。真理雄や永子も俯いたまま。この時の僕は、道長の持つ神通力の、詳しいところをまだ知らずにいた。

「僕たちは、早く大人にならなければならない」

そこまで言って、やっと涙が出てきた。

本家の影響力が薄まりつつあることを、僕は知っている。

あの恐ろしい水無月十六夜でさえ、分家の大御所たちからすれば老い先短い老人扱いで、それほどの脅威には思われてはいない。そもそも十六夜は、父が死んだところでそれをどうとも思わない。

父が死んだ以上、母と卯美と、何より葉のことは、僕が守らなければならない。ここで負け戦をしかけて、後々、葉を取り巻く状況を悪化させてはいけない。

しかしこの状況こそ、父が最期に残してくれた切り札のようにも思う。

父は多分、自分がここで死ぬことをわかっていた。一瞬だけ父と目が合った時、全てを使って葉を守れ、と。父がそう言っている気がした。

希望はある。

あの水無月道長に勝てる人物と、僕は必ず未来で出会う。

本家の輝夜姫──六花さんの存在を、僕は知っている。

「……っ、本当に、それでいいんだな、文也」

信長は悔しそうにしていたけれど、最終的には、僕の意見に賛同してくれた。

これでいいのではなく、これしか道がなかった。この時の僕たちはあまりに子どもで、僕も信長も、自分たちに力がないことを、嫌という程わかっていた。

「……永子。文也と皐太郎を本家に転移させろ。今回は何も見なかったことにする」

「でも、でも。にい様」

「早くしろ。じきにクソ親父の手下が集まる。ここにいるところを見つかったら文也も殺されかねない。後のことは俺と真理雄で誤魔化す。文也が体調を崩したので本家に戻した、とでも言う」

「…………」

「文也。すまない。本当にすまない。俺はこの身に、あいつと同じ血が流れていることが恥ずかしい……っ」

信長は顔を手で覆い、絞り出すような涙声で、僕に懺悔《ざんげ》していた。

そして僕と皐太郎を、ここから逃がそうとしてくれた。

元々、このような事態を想定して、転移の神通力を持つ永子を呼んでいたのだろう。

永子は目に涙を浮かべていたけれど、それをゴシゴシと袖で拭くと、僕と皐太郎の手を取って、この場から転移した。転移の瞬間は目を瞑《つぶ》り、不思議な夢見心地に浸る。

「…………」

だけど、目を開ければ現実が待っている。

すでにそこは、嵐山本家の駐車場。この先の石段を登れば我が家があり、母がいて、妹と弟がいる。僕と父の帰りを待っている。

「なあ、皐太郎」

「何ですか、ボン」

「お母さんに、何と言えばいい。葉に、卯美に……っ、千鳥《ちどり》のお祖母様に何と言えば」

「何も言わんでもええんです。事態はそのうち、明らかになります」

「僕は……っ、僕はお父さんを置いてきてしまった。お父さんをあんなところに！」

「大丈夫。大丈夫です、ボン。天也さんの思念は、常にあなたの側にいはります……っ」

しばらく石段に座り込み、僕は声を殺して泣き続けた。一緒に転移していた永子も着物の袖を握りしめている。

今になって、父を失った悲しみが押し寄せてきて、もうどうしようもなく全てを投げ出したくなってくる。

だけど、投げ出すことなどできない。

一つでも投げ出したら、お父さんだけではなく、お母さんも、葉も、卯美も、何もかもを奪われ、失うような状況だ。

皐太郎が静かに側に立っていた。

永子の「ごめんなさい、ごめんなさい」という涙声が聞こえた気がした。そして気がつけば彼女は長浜に戻ったのか、姿を消していた。

許せない。許せない。許せない。水無月道長……っ。

だけどこの時、何もできなかった力のない自分が一番、許せない――


翌日。

父が賤ヶ岳で行方不明になったという連絡が、本家に入った。

母も卯美も葉もずっと心配していたし、十六夜も少しばかり気にしている様子だった。

しかし僕と皐太郎だけは、真実を知っている。

知っていながらなお、何も知らない振りをして、父の死の事実を隠し、耐え抜いた。

数日後。

父の遺体は、賤ヶ岳の山奥で見つかった。その連絡も本家に入った。

父の遺体はシャガモドキの花に埋もれる形で見つかったという。

本家に運ばれた父の遺体は、道長の銃によって撃たれた痕跡をすっかり消され、シャガモドキの群生地のすぐ側の崖から落ちたよう細工されていた。

またシャガモドキの香りの中毒症状も死因の一つとされ、結果的には事故死、もしくは自殺と判断された。誰も他殺と疑うことはなかった。

いや。

本当は誰もが……道長が何かしたのでは、と思ったに違いない。

しかしたとえ、道長が父を殺したとして、それを咎《とが》められる人間はいない。

そもそも現在の本家は分家の人間たちから疎まれ、敵視されがちだったから、父の死の真相を暴こうとしたのは、伏見一門のお祖母様・水無月千鳥くらいのもの。

特にお祖母様は、自身の息子が死んだこともあり、その真実をしつこく追及しようとしたのだろうが、結局は道長の周到な根回しには及ばず、真実に届くことはなかった。

父・水無月天也の死は、水無月家の総会でも事故死として処理された。

贄子に選ばれた我が子の運命を憂い、それを変えられない絶望から、自殺した可能性もあると判断された。
嘘が真実のように定まっていく。それでも口出しせず、耐え続けた。
誠の真実を、いつか公に晒《さら》すべく、僕と皐太郎と信長たちの胸の内に封じて。

第六話

文也、全てはこの日のために。（二）

大人になり、時が来たら必ず道長《みちなが》に制裁を下し、父の仇《かたき》を討つ。

そして、贄子の運命を背負う葉《よう》も守る。

そのためならなんだってする。何だって利用する。

父の死も。僕の全ても。予言された花嫁も——

父の死後、信長《のぶなが》たちは僕と極端に仲の悪いふりをしながら、長浜の動きを逐一僕に報告してくれていた。

ミクマリ様が目覚めの兆しを見せた時も、信長は伏見稲荷大社で待ち伏せし、そのことを僕に耳打ちした。

元々、詳しいことを皐太郎《こうたろう》に知らせるために伏見に来ていたのだろう。

その一方で、おそらく分家の間で大騒ぎになっていた輝夜姫《かぐやひめ》・六花《りっか》さんを一目見ておきたいと思っていたのもあるだろう。以前より、信長と真理雄《まりお》には六花さんの存在を知らせていたが、果たして僕たちの復讐に、力を貸してくれる存在か、否か、と。

奇《く》しくも、あの一件のおかげで、僕は自身の背負うものを改めて思い出し、六花さんを本家の宝物殿に連れていき、天女の羽衣を巡る、本家と分家の遺産争いの話をした。

流石《さすが》に贄子の、葉の話まではできなかった。

しかし水無月《みなづき》家を取り巻く事情、様々な闇の鱗片《りんぺん》を彼女に仄《ほの》めかし、家族を守るために、彼女を利用することへの罪悪感を吐き出した。

六花さんは僕に言ってくれた。

『利用すると思うより、助け合うと思う方が、きっと……幸せです』

だけど、この時の六花さんはまだ知らない。

水無月家の闇が、いかに根深い問題を孕《はら》んでいて、どこまでもドロドロと濁っていて、醜く恐ろしいものなのかを。


今回、道長が本家に奇襲をかけ、葉を連れ去る計画を企てていたことを、僕は全く知らされていなかった。

いや。皐太郎と信長は、今日この日に道長が動くことを知っていて、あえて僕に言わなかったのだろう。

僕が葉を、一時的にでも道長に攫わせることはさせまい、と思ったのだ。

更に言うと、六花さんを利用することを、最終的に躊躇うのでは……と。

その通りかもしれない。僕はいざとなったら、この二人を危険な場所から遠ざけ、何としてでも守り通そうとしただろう。

だけどそれでは何も解決しない。

物事は、葉と六花さんが、天女降臨の地にいなければ動かないからだ。

わかっている。汚れ仕事を、信長と皐太郎が担ってくれていることくらい。

一つだけ安心できるのは、信長が葉と六花さんの側にいるのなら、儀式終了まで二人を必ず守り通してくれるだろう、ということ。

僕はそれを信じられるほど、信長の、自身の父親への憎悪を知っている。

信長は尊大な態度で誤解を受けがちだが、あれでもかなり情に厚く、自分の兄弟を大事にする男だ。兄弟といっても、信長にとっては腹違いの弟や妹ばかりだが。

水無月道長の、自身の妻子に対する扱いは、それはそれは酷いものだったという。

妻と多くの妾《めかけ》に子を産ませ、その〝眷属〟の神通力を使い、多くの腹違いの息子や娘たちを束縛し、意のままに従わせるような男だった。

信長の、自分の父への復讐心はここにある。


あんな男には絶対にならない。

この身にあの男の血が流れていることが許せない。

信長は常々そう言っていた。

しかし、水無月道長という男が長浜一門の総領で、水無月家において大きな権力と影響力を持っているのは事実だ。奴の〝眷属〟の神通力によって、兄弟姉妹の命を握られていたため、信長たちはとても慎重で、表向き堂々と裏切ることはできなかった。

言葉巧みな信長は、大人になるまで父にそこそこ従順なふりをして、ずっと、兄弟たちと共に機会をうかがっていたのだと思う。

幼少期から、のちの本家の跡取りとなる僕と良好な関係を築こうとしていたのも、それが彼の復讐に必要なことだったからだ。

そして、僕と信長の復讐が重なり合い、今、この時を迎えたのだ。

○

「……これだけの人間が、本家に揃っていながらこのザマですか。六花様と葉さんを、長浜の連中にまんまと連れ攫われたわけですね」

水無月千鳥《ちどり》。僕の祖母の厳しい声が、本家の座敷に響く。

本家には、伏見一門の人間と本家の人間、そして現場にいた神奈《かんな》と霜門《しもん》伯父さんが揃っていた。

六花さんと葉が長浜一門の連中に連れ攫われた後、すぐに伏見一門の人間が数人駆けつけたのだが、当然ながら千鳥のお祖母様は、ひたすら怒りを押さえ込んでいるような表情と声音だった。

「で、霜門。あなたには本家の皆々様をお守りするよう言いつけておりましたのに、今回あなたはお庭で寝ていたらしいじゃないですか。これはいったい、どういうことでしょうね」

「うぐっ」

特に、護衛のために呼び寄せたはずの、霜門伯父さんへの当たりがキツい。

「お、俺のところには別の長浜の連中が来てたんだよ！　俺がライオンにでも化けて暴れたら厄介だと思ったんだろう。シャガモドキの匂いを不意打ちで嗅がされて、まんまと眠っちまった。……ったく、あんな犯罪じみた手段に出るとは！」

シャガモドキ、という単語にお祖母様は眉をピクリと動かした。

お祖母様にとって最愛の息子であり、僕にとって実の父である水無月天也《てんや》の、死因の一つだからだ。

誰もがあと四、五年は先のことだと思っていた余呉湖の龍の〝儀式〟。

きっと道長が何かして、儀式の周期を早めたに違いない。

長浜一門は、この儀式を成功させるために、何だってするつもりだ。

「………」

僕はというと、連れ去られる六花さんが庭に落としていった、水色の組紐《くみひも》を手に握りしめている。かつて、僕が彼女に贈ったものだ。

前に、ちょうどこの座敷で、六花さんのこの組紐は一度プツンと千切れた。

あれからまた、六花さんの希望で僕が組み直したものだった。

「しかしなぜ、本家の結界がそのような大所帯に破られ、みすみす侵入を許してしまったのでしょうね？　あなたには止めることができたのでは？　卯美《うみ》さん」

お祖母様の鋭い視線は、部屋の隅でむすっとして丸くなっている卯美に向けられる。

「仕方ねーだろ！　あたしの所には先に信長と永子《えいこ》が来て、一時的に結界の力を制限されたんだ！　永子の〝転移〟と信長の〝目〟の力は知ってんだろ！」

卯美は涙目になっていた。

自分の結界が、許嫁である信長によって破られたことが、悔しくて堪らないのだろう。

そのせいで、自分の大切な兄と、姉のように慕っていた六花さんが攫われてしまったのだから。

「しかも信長の野郎……っ、あたしの部屋を見て『うわ汚な』って言いやがった！　絶対殺す！　絶対殺すぅ！　うわあああああん」

卯美が畳の上をゴロゴロ転がって、髪を掻《か》き毟《むし》り、怪獣のごとくギャーギャーと喚《わめ》いていた。僕はただ、俯いて黙り込み、今後のことを考えている。

「文也《ふみや》さん。あなたの調子の悪い時を狙って来たのだとすれば、こちら側に間者がいる可能性があります。私は前々からそうなのではと思っていたのです」

「……いや。もうそんなことはどうでもいい」

お祖母様は勘がいい。

間者というと少し違うが、僕が今日、風邪をひいて声の力をうまく発揮できないことを、信長に伝えた人間がいるのは確かだ。

おそらく皐太郎だろう。皐太郎がそれを信長に伝え、信長が父の道長に告げた。

道長はこれ幸いと、本家に奇襲をかけたわけだ。

「そんなことはどうでもいいとは、いったいどういうことです、ご当主」

千鳥のお祖母様が食い気味に尋ねた。

「この期に及んで、スパイ探しをしている暇はないということだ。龍はすでに目覚め……腹を空かせて怒っている。儀式はもう間もなく始まるだろう」

「……その情報をどこで？」

「…………」

お祖母様は少々不審そうに僕を見ていた。

僕は、僕たちはお祖母様にも、あの日の真相を隠しているから。

「ボン、これでいいか」

席を外していた神奈が戻ってきて、僕にある小瓶を渡す。

その小瓶のラベルには〝回神薬〟とある。僕はその薬を飲み干す。後で、多少しんどい副作用があるが、一時的に体調を万全にする月界植物で作った薬である。

そして僕は、音もなく深呼吸する。

舞台は皐太郎と信長が整えたのだ。

ここまで来たのなら、僕はもう立ち止まるわけにはいかなかった。

「つーかよお。そもそも周期的に、儀式まであと四、五年はあったはずじゃねえのかよ。なのになんで、こんなにも龍の儀式が早まっちまったんだ」

霜門伯父さんが吐き捨てるように言う。

「……道長だ。あいつがわざと龍を刺激して、数年早く目覚めさせたんだ」

「はあ⁉ 何っつー罰当たりな! 下手したら龍の怒りをかって大災害を生むぞ!」

霜門伯父さんの言う通りだ。

月界精霊に対し、あまりに危険で浅はかな行為。しかし道長にとっては、自分以外の人間など、どうでもいいのだろう。

あいつは早く儀式をやりたくて、やりたくて、仕方がなかった。

僕たち家族を地獄に突き落とすこの日を、待ち望んでいたのだから。

「つーか文也! お前、よくもまあそんなに落ち着いていられるな! お前の大事な弟と、許嫁が攫われたんだぞ!」

僕の態度に違和感があったのか、霜門伯父さんが声を張り上げる。

だけど僕は、伯父さんの言う落ち着きとやらを崩すことはない。

「本家が混乱すればするほど、あちらの思惑通りだ。ここで取り乱していったい何になる、霜門」

「……っ」

「一歩でも後れを取れば、一手でも間違えば、僕たちの負けだ」

僕は本家の当主として、毅然《きぜん》とした態度で答えた。そんな僕に卯美が少し驚いていて、お祖母様がまた何か言いかけた。

ちょうど、その時だった。

「ボン。どうやら儀式は、明日の宵に執り行われるそうですよ。各分家の総領と、それに準ずる幹部に召集がかかっています。勿論《もちろん》、本家の当主であるあなたにも」

情報収拾のために席を外していた皐太郎が戻ってきて、それを僕に告げる。

僕と皐太郎は視線を交わし合う。

向こうは、こちら側に儀式を阻止する準備の時間を与えないつもりだろう。

しかし、僕たちはずっと準備してきた。

「……わかった。長浜には儀式に参加すると伝えろ」

「承知しました。ボン」

それを聞いて、卯美がバッと立ち上がり、勢いよく僕に摑みかかった。

「文兄《ふみにい》！　参加するって何だよ！　葉兄《ようにい》のことを諦めるってのか⁉」

「卯美」

その大きな瞳に涙を溜め込み、卯美は口元をわなわなと震わせている。

「ふざけるな！　ふざけるなよっ！　葉兄を守るためにお父さんもお母さんも、みんなみんな戦ってたのに！」

そして、戦って散った。卯美はずっとこの日が怖かったのだろう。

父と母の犠牲も虚しく、大事な次兄を失ってしまうかもしれない、この日が。

「……違う。葉を諦めるつもりはない。儀式に参加する形で、長浜に乗り込むだけだ」

怯《おび》えて声を張り上げる妹に対して、僕はその手を払いながら、こんな風に淡々と答えるしかできなかった。

「あちらには六花さんがいる。六花さんを人質に取ったつもりでいて、本家がこの儀式に対し何もできないと思い込んでいる。だが儀式には、守るべき様々な手順と形式があり、本家の当主の参加は必須だ。あちらも僕らを迎え入れるしかない。そこを狙って、何としてでも葉を取り戻す」

「……っ、じゃあ、六花ちゃんは⁉　六花ちゃんはどうなるの⁉」

「………………」

僕は僅かに口を開いた後、それを閉じる。

卯美の心配は、僕にもわかっているつもりだ。

「葉さんは少なくとも儀式の〝その時〟までは無事です。龍に捧げる贄子を傷つけるようなことはしないでしょう。……しかし六花様に、何もないとは言いきれません」

千鳥のお祖母様が、僅かに震えを感じる、憤りを交えた声音で言う。

「水無月道長。あの男に倫理感など存在しません。知っているのですか？　あの男に関わった娘は、何人もが行方をくらませているのですよ？」

「………」

誰もが押し黙る。

縁側に座ってタバコを吸っていた神奈が、それを灰皿にグリグリと押し付けながら、

「あいつはさ。女なんて都合のいい道具のようにしか思っていないんだよ」

どこまでも冷淡な口調で言う。

「子どもだけ産ませて、自分の妻を取っ替え引っ替えしてきたような男だ。私は昔からあの男が大っ嫌いだった。顔だけは良かったから一族の女たちに〝水無月家のミッチー〟とか呼ばれて、ちやほやされてたけど……っ」

「水無月家のミッチー……そういやそんな風に言われてたな、あいつ」

霜門伯父さんが懐かしいことを思い出したように、ボソッと言う。

「あいつ、ずっと照子《てるこ》に片想《かたおも》いしてたんだ。同世代はみんな知ってる。流石《さすが》に六蔵《りくぞう》様の許嫁だから手出しはできなかったけど……でも六蔵様が本家を出ていって、照子が天也君と結婚することになって……っ」

神奈はゆっくりと頭を抱えた。

「あいつが本格的にぶっ壊れたのはそれからだ！　執拗《しつよう》に本家を敵視して、八つ当たりのように自分の妻や子どもたちを虐げて……それでもずっと照子に執着してた！　天也君が死んだ後も、ここぞと照子を後妻に迎えようとしたって……っ」

神奈の声音が徐々に震えていく。

「そもそも、天也君のあの事故だって、どう考えたって道長の陰謀だろう！」

その言葉の節々には、長年の道長への疑念と、怒りと、親友だった母・照子への想いが籠っている。

「照子は、贄子の葉のこともあって道長の申し出を受けようとしていた。あいつの後妻になれば全部解決するのかって……悩んで苦しんで……でも天也君への想いを貫くために、夢の世界に落ちていった。そこにしか逃げ場がなかったんだよ、照子には！」

……そう。

結局それが、全てに繋がっている。

水無月道長は、僕たちの母、水無月照子に心底惚れ込んでいた。

水無月家の、初恋に溺れて敗れた男。その末路が、水無月道長なのだ。

「照子に拒否され続けて、天也君を妬み続けて、挙げ句の果てにその子どもたちを苦しめようとしている！　随分とまあ、初恋を拗らせた痛々しい男になっちまったもんだ！　だから嫌なんだよ……っ、水無月家も、この家のしきたりも許嫁の仕組みも！　月界人の血を絶やさないため？　本能だか何だか知らないけど、恋に狂わされてみんなおかしくなっちまう！　だから私は、一生結婚なんかしないって決めたんだ……っ！」

神奈は行き場のない感情を、まとまりのない言葉で吐き捨て、そのまま顔を手のひらで覆った。そして声を押し殺しながら泣いていた。

あの神奈が、ここまで取り乱すところは初めて見た。

「……神奈。お、落ち着けよ。なあ」

神奈の元許嫁である霜門伯父さんが、三毛猫姿に化けて側に寄っていくと、神奈はその猫をバッと胸に抱き、その毛並みに顔を埋《うず》めて吸ったり吐いたりしていた。精神を安定させる効果でもあるのだろうか。

いつも冷静な神奈が、あそこまで取り乱したところを初めて見たからか、

「ねえ、文兄。これからどうするの？」

逆に卯美が落ち着いて、僕にポツリと尋ねた。

僕はひと呼吸を置いた後、

「千鳥。伏見一門にも呼びかけ、儀式に参加する準備を整えてくれ。神奈と霜門は、僕たちと共に長浜へ。卯美、お前は……」

僕は、卯美を危険な目にあわせたくなかった。

だけど卯美は、強い目をして僕をキッと睨み上げる。

「あたしも長浜に行くぞ。置いていったら許さねーかんな。葉兄や六花ちゃんを助けるなら、あたしの結界の力は必須だろうが」

「……ああ。そうだな」

さっきまで怯えていた卯美が、すでに闘志に燃えている。自慢の月の羅漢像《ゴーレム》を連れていくと張り切っている。

実際に、卯美の結界の力に頼りたい場面がある。

僕はずっと、六花さんの落としていった組紐を握りしめていた。

「では、僕は少し席を外す」

「ご当主。このような時に、どこへ？」

僕が立ち上がったので、千鳥のお祖母様が慌てて行き先を尋ねた。

だけど僕は、行き先を告げず、

「力になってくれそうな人たちに会いにいく。……皐太郎。車を出してくれ」

「はいはい」

急ぎ本家の屋敷を後にしたのだった。


僕が訪れたのは、東山に屋敷を構える土御門《つちみかど》家の本家であった。

「へえ。なるほどね……」

洛曜《らくよう》学園の生徒会長である土御門カレンさんは、僕からこの一件を伝えられると、複雑そうに頷いた。

「前々から話には聞いていたけれど、いよいよ例の儀式が始まりそうなのか」

「……ええ」

「人身御供《ひとみごくう》がこの時代に罷《まか》り通《とお》るとはね。本当に、恐ろしいよ。水無月家は」

そう言って、お茶をすすって目を細める。

土御門家は陰陽師《おんみょうじ》の名門であり、日本全国で起こる怪異を解決したり、あやかし関連の問題に首を突っ込むのが生業《なりわい》だ。

化け物に対する人身御供もまた、陰陽師や退魔師からすれば〝問題あり〟で、解決するべき事件に違いない。

「どうか、お力を貸していただけないでしょうか。カレンさん」

僕は改まって、カレンさんに助力を請う。

「そうだねえ。……そりゃ私たち〝陰陽局〟の人間は、この手の問題ごとに首を突っ込むのが仕事だ。だが、土御門家でさえ、今まで水無月家の問題に触れることだけは〝禁忌《タブー》〟とされてきた。日本古来の怪異とはわけが違う。全く別次元の、天女の血を引く人間にしか扱うことのできない存在だったから。陰陽局は、全面的にこれを水無月家の案件として任せ、黙認することにしたんだ」

陰陽局――それは、日本の古い時代に存在していた陰陽寮《おんみょうりょう》から連なり、明治時代に再編された組織のことだ。今も全国の陰陽師や退魔師たちが所属しており、日本の怪異の問題を解決している。

水無月家本家もその組織に与《くみ》しており、天女や月界に纏わる資源、生命などの一切合切の管理を任されている。形式上、そういう体《てい》をとっている。

ゆえに水無月家とは、本来であれば問題になる人身御供の儀式も、許されてきた一族だった。

「ただ……今回ばかりは、本家のご当主直々のお願いだ。であれば話も少し変わってくる。だって水無月家の本家が、首を突っ込むことを許してくださっているんだもの。無下にするわけにはいかないよね」

そうだ。今まで陰陽師たちは、水無月家の所業を見て見ぬフリをするしかなかった。

しかしその一族の当主の依頼であれば、彼らにも首を突っ込む言い訳ができる。

だから僕は、何があっても本家の当主であり続けた。

カレンさんや生徒会の人々、のちの陰陽界を引っ張っていく若者たちと、ずっと絆を紡いできたのだ。

「それに水無月葉君は、愛嬌《あいきょう》があっていい子だった。なあ、芦屋《あしや》」

「……そっすね。俺たちを見かけると、いつも駆け寄って挨拶してくれて」

カレンさんの少し後ろでおとなしく控えていた芦屋が、声をかけられ、ポツリと言う。

「副会長もそうっすけど、水無月家本家の人々は謙虚で親しみやすいというか。水無月家特有の殿上人感がないというか。それまで俺、水無月家の人間って偉そうで嫌いだったんすけど……」

「そこのところは、本当にすまないと思っている……っ」

「いえ。なので、葉君には死んでほしくないなってことっす」

カレンさんと芦屋はよく本家に挨拶に来てくれていたから、葉とも交流があった。

葉を生かしたいと思ってくれている人が、僕たち家族以外にいてくれることが、身に沁《し》みる。こんな局面でも、救われるような思いだった。

「はあ。それにしても、今までも何人もの水無月の人間を喰《く》らってきた、余呉湖の龍、か」

　カレンさんが悩ましげなため息をついて、茶を飲み干す。

「これが通常のあやかしの類いであれば、調伏の対象になるわけで。私たちのような陰陽師はそういうのを斬ったり封じたりして対処するのが通例だが、さあて……今回はどうしたものか」

　目の前に広げられた月界精霊の資料を見つつ、カレンさんは許嫁である芦屋に、濃いお茶と甘い茶菓子をもってこいと命じた。

　糖分とカテキンが必要そうな案件だ、と。

「月界精霊は、いわゆる日本古来のあやかしとは違います。現在のタイプで言うと、土地神に近いのだと思いますが……やはりそれとも、少し違う」

「ああ。その怒りに触れれば、日本は大きな天災に見舞われるとも言われているな。実際に、陰陽局にもその手の資料がある」

「はい。余呉湖に住まう〝静かの海のミクマリ様〟の場合は、大規模な水害の可能性が高い。実際に、過去の儀式の失敗による、水害の例もありますから」

「儀式失敗、か。最悪なのは結局、それになるのか」

　そう。陰陽局の陰陽師たちも、結局はそう判断する。

　葉を食われることより最悪なのは、儀式の失敗による天災。大勢の人間の死。

僕だって、それは理解している。それだけは避けなければならない、と。

「ならば、月の龍の方を討伐するかい？」

「………」

「水無月君も知っているとは思うけれど、うちにはそれができそうな人物が、いると言えばいる。だけど水無月家にとって、それは」

「構いません」

僕ははっきりと告げた。

月界精霊の討伐。

その道があるのなら、僕は迷わない。

月界精霊なんて、ずっと、滅んでくれていいと思っていた。願っていた。

「悪い男だねえ、水無月君。一族の守り神を殺してくれ、なんて」

僕が土産で持ってきた竹水羊羹《たけみずようかん》をつつきながら、カレンさんが口角を上げた。

「月界精霊など、元より、この世界にいなかったはずの存在です。それに、僕もまた、真っ当な水無月の当主ではありませんから」

ただ、この選択もまた、どんな厄災に繋がるかわからない。

葉が死ぬ。儀式が失敗する。

その二つを回避するための、最後の一手に違いない。

「そう。カレンさんたちに動いていただくのは、最悪な状態に陥った時の、最後の一手です。なので、ギリギリまで判断を待ってほしい。葉を失わずに儀式を成功させる道は、もう一つだけ残されている」

「ほう。それはどんな奇跡かな？」

「月界精霊・ミクマリ様との交渉の道。盟約の書き換えです」

贄子を差し出す儀式もまた、かつて龍と交わした盟約に従ったもの。

ならば、その根本を書き換える。

「今までの水無月家であれば、贄子を差し出す以外に、儀式の成功はあり得ませんでした。盟約の書き換えなど、本当に奇跡としか言いようがなかった。しかし今、唯一、月界精霊に干渉できる存在があるとすれば……」

僕はゆっくりと視線を上げる。

「本家の輝夜姫。彼女だけがその権利を持って、この世界に生まれてくる」

水無月家の中でも一線を画す存在。

だからその女性は、一族で最も尊い〝輝夜姫〟と呼ばれる。

六花さん。

あなたは以前、自分が、何のために生まれてきたのかわからないと言った。
自身の父に「お前は生まれてくるべきではなかったのだ」と、言われたのだと。
だけど、あなたが生まれてきた意味は、あなたが思っている以上に大きく、重たい。
そしてあなたの代わりなど、この世に一人として存在しない。

それでもあなたが、ごく普通の優しすぎる女の子だということを、僕は知っている。
水無月家にとって特別な女の子というだけなら、こんなにも心惹《ひ》かれ、気がつけばどうしようもないほど〝好き〟になっている、なんてことはなかっただろう。

僕の内側に秘めた〝好き〟な気持ちすら、真っ当な形で伝えられていないのに。
あなたの優しさに、ひたむきな愛情につけ込むことを、どうかお許しください。

第七話

文也、儀式の始まり

儀式に参加する者たちは、余呉湖の湖畔にある長浜一門の別邸に集まっていた。

門の前で車を降りると、僕はすぐに湖岸に立ち、その湖を見渡す。

余呉湖。夏の日差しがキラキラと反射し、それが鬱陶しいくらいに眩しい。

取り囲む雄大な山々の、緑と青を映し込んだ、鏡のような水面だ。

余呉湖の周辺は、のどかな田園風景が広がっている。

セミが止まることなく鳴いていて、夏らしい入道雲が山間《やまあい》から顔を出している。

暑い。嵐山に住む僕が言うのもなんだが、田舎だ。

この美しくも穏やかな場所で、今夜、悲劇的な儀式が行われるなどと、誰が信じられるだろう。

すでに長浜一門の連中が余呉湖の周囲に点々と待機しており、強力な結界を張り続けている。この地に住む一般人に、今日の儀式の影響を与えず、また万が一にも観測されないための準備だ。

僕は視線を、余呉湖の向こうに聳《そび》え立《た》つ、賤ヶ岳の方へと向ける。

昨晩から、龍は琵琶湖を回遊中だという。

ということは、儀式の時間になれば賤ヶ岳を越え、龍はその姿を現すのだろう……

六花《りっか》さんと葉《よう》は、あの賤ヶ岳の母屋にいるのだろうか。

どこかに閉じ込められているのだろうか。酷く傷ついてはいないだろうか。

葉は儀式を前にどんな気持ちでいるのだろう。

六花さんは、突然、敵だらけの場所に連れてこられて辛い思いをしているのではないだろうか。そして葉のことを聞かされて、心を痛めているのでは……

僕がすぐに助けにこないことに、きっと、酷く失望しているだろう。

「余呉湖の儀式……か」

月界精霊・静かの海のミクマリ様に、不老不死の神通力を持つ一族の人間を捧げることで、後の百年の平穏を約束され、この一帯に水の恵みを与えられる。

この儀式を取り仕切るのは、水無月《みなづき》家の分家・長浜一門。

そして儀式には水無月家本家と、五つの分家の代表が参加し、見届けるのが習わしだ。

今夜、僕たちは何を見て、何を失い、何を思い知るのだろう……

僕は時に思う。

天女が地球に降り立ち、あらぬ存在をもたらしたせいで、この地は手に負えないような化け物を抱え込み、罪のない人間を贄子として差し出す悲劇を繰り返している。

月界人なんて、この世界に降りてくるべきじゃなかった。

月界が滅んだというのなら、そのままみんなして、仲良く滅んでくれていたらよかったのに、と。

「おお。ご当主様」

「おひさしぶりにございます」

後からやってきた分家の者たちの車が門の前に停まり、僕の存在に気がついた。

奈良・天川一門の連中だ。

表向きは僕に対し敵意を向けることはなく、愛想よく挨拶をしてくる。

「この度は、誠にご立派なことでございます、ご当主」

その中に特に熱心に、手を握ってきた高齢の女性がいた。

天川一門の大御所、水無月かよ様だ。

「かよ様。ご無沙汰しております」

「少しやつれましたねえ。無理もありません。最愛の弟君を贄子に差し出されるなんて身も心も引き裂かれる想いでしょう」

「…………」

「水無月家の定めとはいえ、お父様もあんなことになったというのに……お母様や、弟君まで……本当にお労《いたわ》しい」

僕は何も言わずに一礼しただけだったが、顔を上げた時、目の前でわざとらしくおいおいと涙を流す老女を、ひややかに見据えた。

……風見鶏《かざみどり》め。

天川一門は、本家とわかりやすく敵対している一門ではないが、その時その時、優位な方につくという信用ならないところがあった。

本家の主治医である神奈《かんな》が単独で味方をしてくれているだけで、天川一門自体は、決して本家の味方とは言えないのだった。

特に水無月かよは、引退してもなお天川一門で最も発言力のある大御所。

そこのところをよくわかっている千鳥《ちどり》のお祖母様が、少し遠いところから、かよ様を胡《う》散臭《さんくさ》そうに見ていた。

ちなみに卯美《うみ》は、こういう時のための訪問着を纏い、いつもの鳥の巣のような髪を綺麗に整え、お祖母様の側にぴったりとくっついておとなしくしていた……


水無月家には本家の〝当主〟。

そして分家の〝総領〟。

これとは別に〝大御所〟と呼ばれる者たちが存在している。

大御所とは水無月家のかつての権力者たちで、表向きは若い人間に総領の座を譲っているものの、今もまだ多大な影響力を持つ長老格のことだ。その古臭い考えと重圧で若手を押し潰すような、目の上のたんこぶでしかない厄介な連中……

「さあさあ、ご当主。外は暑いですので、中へと入りましょう」

いよいよ、千鳥のお祖母様が僕を呼び、僕たちは長浜一門の別邸へと入った。

広間や庭が開放されており、そこには多くの、水無月家の人間が揃っている。

僕が現れたことで様々な思惑を秘めた視線が集中したが、挨拶をしてきた者もいれば、無視したままの者や、遠目から見ているだけの者もいる。

ザッと見たところ、思っていたより各分家の中核を担う大物たちが揃っている。

伏見の水無月　水無月村雨《むらさめ》（大御所）　水無月千鳥（総領）　水無月皐太郎《こうたろう》　その他
天川の水無月　水無月かよ（大御所）　水無月夏次郎《なつじろう》（総領）　水無月神奈　その他
京丹後の水無月　水無月五十六《いそろく》（大御所）　水無月孝彦《たかひこ》（総領）　その他
高石《たかいし》の水無月　水無月公司《こうじ》（総領）　水無月走司《そうじ》　その他
長浜の水無月　水無月義長《よしなが》（大御所）　水無月道長《みちなが》（総領）　水無月信長《のぶなが》　その他

嵐山本家の水無月　水無月文也《ふみや》（当主）　水無月卯美

総領格は全員参加しているが、それ以外は次期跡取りであったり、末端ではあるものの重要人物であったりする。

有事の際に身を守るため、強い神通力を持つ人間を連れているところもある。

大阪の高石一門は少人数だが、京丹後一門は無駄に大所帯だったりと、各々の分家の特徴もよく出ている……

どいつもこいつも、憎らしい本家の次男が贄子に差し出される瞬間を心待ちにしていたのだろうが、あわよくば六花さんに一目お目にかかりたい……というのもあるのだろう。

「ボン。そろそろ大天盆《だいてんぼん》を広げはりますか？　他はどこも、若手が準備中みたいやけど」

「……ああ」

僕は阜太郎と共に、ある大きな風呂敷の包みを抱え、庭先から再び湖岸へと向かった。

儀式は余呉湖の中心部で行われるため、僕たちもまた湖に出るのだが、その際に使用する月界遺産には、諸々《もろもろ》の準備が必要だったりする。

極めて重要な月界遺産〝花鳥《かちょう》の大天盆〟。

これは本家に一つ、各分家にも一つずつある空を浮遊する円盤状の盆であり、この手の形式張った儀式の際に用いられる。

その大天盆上は、各分家にとって陣地のようなもの。

ドーム型に結界を張ることができるため、今回のような危険な儀式では身を守ったり、上空より見下ろしたりすることができるのだった。

それはもう、殿上人の物見のごとく、悠々と。

「古くより様々な地域で、円盤型の飛行物体の発見が記録されていますが、実は月界人の乗った〝花鳥の大天盆〟やったんちゃうか、という説もあるとか、ないとか。要は宇宙人のUFOっちゅうことですね〜。あはは。まあ月界人も宇宙人説ありますから〜」

「早くしろ、皐太郎」

「はいはい〜」

皐太郎が風呂敷から取り出した、本家の大天盆を湖上に浮かべる。

それは一見、装飾の派手な、骨董《こっとう》品の大皿のようだ。

表面に月界の花鳥風月を表現した、とても美しい絵が描かれているため、月界を知る貴重な遺産として重宝されている。

大天盆は水に触れると、表面の装飾が模様や色合いをゆらゆらと変えながら、徐々に大きくなっていく。そして人が乗り込めるような形状になっていく。

伏見一門の大天盆もすぐ隣で広げられており、あちらには千鳥のお祖母様と、伏見一門の大御所である水無月村雨、その他の伏見陣営が乗り込むようだ。

皐太郎だけは、僕と共に本家の大天盆に乗ることになっている。

「それにしても、ボン。京丹後の連中を見てくださいよ。あそこは大天盆がめちゃくちゃデカくて派手っちゅうのもありますけど、もはや宴会を始めんとする勢いですわ」

「……儀式を、まるで刺激的な見世物とでも思っているのだろう」

皐太郎の言う通り、京丹後の連中は大天盆の上に宴会の席を準備しつつある。

直前になったらご馳走や酒を積み込むつもりなのだろう。というかすでに酒樽《さかだる》がある。

生贄が、龍に食われるところを早く観《み》たいと言わんばかりで、胸糞悪い。

胸糞悪い。胸糞悪い。胸糞悪い。家族の気持ちも知らないで。

実に不愉快だが、そうやって本家を煽っている……という意味合いもあるのだろう。

僕たちは、どうあがいても敵が多いから。

「ボン。京丹後一門も要注意ですよ。長浜一門の次に厄介なのは、あの一門ですから。いや、もしかしたら長浜以上かもしれん。あそこには水無月五十六がいはる」

「……ああ、わかっている」

水無月五十六。

この儀式にも参加するようで、すでに姿を現している。

木陰に用意された椅子に腰掛け若い衆に囲まれニコニコしている、一見穏やかそうに見える爺《じい》様だ。

しかし実のところ、先代当主であった水無月十六夜の実弟であり、本家の人間としてあの嵐山の屋敷で生まれ暮らしたが、十六夜に追い出される形で、京丹後一門に婿入りした人間だと聞いたことがある。

十六夜は最後の最後までこの男を警戒していた。

もう相当な年寄りだが、本家に対する根深い遺恨があると言われている。

「うちも何か、大天盆に持ち込みます？　ボン、昨日からほとんど何も食べてはらへんし。栄養ドリンクとか、ヤバい薬とか飲んでばっかりで。それかアレですか？　もう愛妻の手料理しか食べられへん〜みたいな」

「……皐太郎」

「冗談ですって、ボン〜。あんまり怖い顔してはると、周囲があなたの憎悪に気づいてしまいます。それはそれで、こちらの計画にも支障が出るわけで」

「………」

「そんな顔、六花さんに見られんでよかったですねぇ」

皐太郎は嫌味を炸裂《さくれつ》させた後、僕の眉間を思い切り突いた。

その時だった。

「文君。ひさしぶり」

僕を呼ぶその声にハッとして、僕と皐太郎は、一瞬で表情を強張らせる。おそらく僕たちだけではなく、すぐ側にいた伏見一門の人間たちにも緊張が走った。

僕をそのように呼ぶのは、この世に一人だけ。彼女だけだった。

ゆっくりと声のした方を振り返る。

そこには栗色《くりいろ》の髪を下の方で左右に結った女性がいた。

かつて本家の女中として仕えていた、伏見一門の——水無月弥生《やよい》。

「……弥生」

彼女は僕の命を狙って、そのまま行方をくらませた人間だった。

四歳年上の幼馴染《おさななじ》みであり、僕にとっては千鳥のお祖母様や皐太郎と同じくらい信頼していた人だった。

いや、同世代ということもあり、もっとずっと心を許し姉のように慕っていたと思う。

彼女は前掛けと襷《たすき》掛けをした爽やかな黄緑色の着物を纏い、潑剌《はつらつ》とした笑顔を僕に向ける。

そして独特の、胸の前で両手を開いてみせるようなポーズをしながら、少し距離をとったところから話しかける。

「あは！　ひさしぶり文君！　背が伸びたねえ。会わないうちに、何だかとっても大人っぽくなっちゃった」

「弥生。どうして君が、ここに」

僕は冷静を装っていたが、内心かなり動揺していた。

葉と六花さんが長浜の連中に攫われてからずっと気を張っていて、感情が揺れてしまわないよう、あえて淡々としていたのに……ここにきてまさか弥生が現れるなんて。

伏見一門の人間たちも、彼女を静かに睨んでいる。

彼女は伏見一門にとって〝裏切り者〟だから。

「あ！　私、今ね、京丹後一門でお世話になっているの。五十六様のお世話をさせてもらっているんだ〜。京丹後一門のお屋敷は超超田舎にあるから、市内のカフェとかあんまり行けなくて辛いけど。でもねえ、海の幸が美味しくっていいところなんだ〜」

「……………」

「あれからずっと会ってなかったから、文君に挨拶しとこう〜って思って」

底抜けに明るい口ぶりも、弾けるような笑顔も、おしゃべりで身振り手振りの大げさなところも、相変わらずだ。

僕たちは皆、誰もが彼女が裏切るなんて思っていなかった。

葉も卯美も、みんな彼女を頼りにしていたし、大好きだった。

そんな弥生が、ふと悲しげに眉を寄せ、目を伏せる。

「今回のことは、本当に悲しい。葉君はとてもいい子だったから」

「………」

「葉君、私の作ったご飯もいつもたくさん食べてくれて、美味しい美味しいって言ってくれてさー。お掃除のお手伝いも率先してやってくれて。弥生ちゃん、弥生ちゃんって……私のことも〝家族〟だって言ってくれた。あんなに良い子が生贄になっていいはずないのに。何もかもがおかしいよねえ、水無月家って」

弥生は、何を言っているのだろう。

まるで、僕の命を狙ったことなどなかったかのように、思い出話をしている。

葉のことを心配し、悲しんでいる。

「そうそう。文君。許嫁を迎えにいったんだって？」

弥生の雰囲気が僅かに変わり、話題を変える。

六花さんの名前が出て、少し動揺していた僕も、スッと冷静になった。

きっとこちらが本題なのだろう。

僕の動揺を誘い、僕の許嫁である六花さんについて探りを入れるよう、京丹後の連中に言われているのだ。きっと水無月五十六の差し金に違いない。

弥生が自然な態度で、一歩、一歩と近づきながら、周囲をキョロキョロと見渡す。

「六花様だっけ？　私、ご挨拶したいなあ。どんな子？　前に伏見で見かけたって人に話を聞いたら、素朴な感じの……普通の子だって言ってたけど」

「普通……？」

僕は思わず鼻で笑ってしまった。

「普通なものか」

「え？」

そしてやっと、僕もまた弥生に向き直る。

真正面から堂々と彼女を見据えて、低い声で告げる。

「六花さんは特別だ。水無月家にとっても、僕にとっても」

「………………」

「近いうちに、誰もがそれを思い知るだろう」

水無月家の人間は、まだ誰も知らない。六花さん本人ですら気がついていない。

彼女がいかに特別で、他の水無月家の人間が、その足元にも及ばないことを。

笑みを崩すことのなかった弥生の表情が、僅かに冷めた気がした。

「あは。……そうなんだ。文君はその子のこと、すっごく信じてるんだね」

弥生はそのまま、きびすを返す。

「昔は、私と結婚したいって言ってくれてたのにね……文君」

そして長い髪を揺らしながら、早足で京丹後一門の集まる方へと戻っていった。

確かに弥生は、伏見一門が用意した、本家に嫁ぐと噂されていたダミーの花嫁だった。

かつて、本家の次期当主である僕には数多の婚約話が各分家から持ち込まれていたが、なかなか婚約者を決めずにいると、色々と勘ぐられ六花さんの存在を気づかれると思った十六夜《いざよい》が、伏見にダミーの花嫁候補を要請したのだった。

それで、本家に嫁ぐ第一候補として水無月弥生の名前がよく上がるよう、伏見側が情報を流していた。

当の弥生は、本家に尽くし続けてくれていた。

本家の秘密を隠すために、婚約者候補の一人であるという風に装ってくれていた。

候補として名前が上がっていたのは何も弥生だけではなかったし、本人も本家の状況を、よく理解していた。

父が死に、母が倒れてからも、毎日のように本家に通い、一番近くで僕や葉、卯美のサポートをしてくれていた。彼女が実の姉であればよかったのにと思ったこともある……だけどもう、今は、敵だ。


「ようこそ長浜の地においでくださいました。ご当主」


次に声をかけてきたのは、儀式の主催者でもある長浜一門の総領・水無月道長だった。

全く。次から次に曲者《くせもの》が現れる。

どいつもこいつも、僕を磨り潰そうとする奴らばかりだ。

僕は弥生の真意を探る間もなく道長と向き合う。道長はすでに勝ち誇ったような顔をして、ニヤニヤしていた。

僕は懐から扇子を取り出し、表情を見せないようにスッと口元を隠した。

「先日の無礼をお許しください、ご当主。なにぶん、これが長浜の務めですから」

「…………」

「一人を差し出すか、この地の全員で死ぬかの選択肢しかないのですから。我々の行いの正当性を、ご当主にもご理解いただけるかと」

「黙れ。白々しい」

僕は道長の言葉を、一言で遮る。最大限の、声の力をもってして。

「水無月道長。お前は儀式の成功なんて本当はどうでもいいのだろう。どんな手を使ってでも、僕たち家族を地獄に落としたいだけだ」

「…………」

「母が、お前に惚れなかった理由がよくわかる」

道長がピシリと目元に筋を立て、僕の命令により何も言えずにいる間に、この男を煽る最大の一言で追い打ちをかけた。

ごめんなさい。お母さん。

あなたの大嫌いな男を侮辱するために、その名前を利用して。

奴は苦虫を噛み潰したような顔をして、僕のことが憎らしくて仕方がないと言わんばかりの、憎悪と嫉妬にまみれた目をしていた。

僕は見た目が、兄弟の中で最も父に似ているから、余計に憎たらしいのだろう。

しかしここまで来たならば、もう、嫌味の応酬も煽り合いも、全ては儀式に帰結する。儀式の成否だけが、今後の水無月家を、大きく左右するのだ。

八月九日。午後七時。

周囲はまだ明るいが、刻一刻と儀式が近づくにつれ、空気がピリッと緊張を帯び始める。

余呉湖の水面には、転々と、月界花を燃やした灯籠が浮かんでいて、湖全体をぼんやりとした暖色の光で照らしている。

湖の中心には儀式用の中天盆が浮かべられており、そこでは護摩が焚《た》かれ、長浜一門の僧侶たちが護摩を囲むようにして祈禱《きとう》し続けている。

その光景も異様だが、最も幻想的なのは、余呉湖の上空に六つ浮かぶ大天盆があることだろう。

それぞれの大天盆にはすでに本家の他、各分家の、儀式の見届け人たちが乗り込んでいる。

そこから護摩や祈禱の様子を悠々と見下ろし、儀式の前のひとときを楽しんで、日没を待っているのだ。

これらは、結界内にいる水無月家の人間にだけ見えている光景だ。

結界の外にいる一般人には普段通りの湖が見えるだけだが、多少、不思議な明かりが水面にチラチラと映り込んでいるのに気がついて、首を傾げる人間もいるかもしれない。


夕焼け空がふっと暗くなったかと思うと、瞬く間に夜の帳《とばり》が下りていく。

湖に浮かぶ灯籠の光の色や、護摩の炎の色が、より一層色濃く水面に映り込んでいく。

各分家の者たちは、大天盆の上で宴会を催しどんちゃん騒ぎをしていたが、急に静まり返った。余呉湖に今日の主役が現れたからだ。

水面を、中心にある護摩の大きな炎に向かって、ポツポツと歩いてくる人影。

「…………葉」

僕の実弟である、葉だ。

葉は死装束のような白い着物を着て、儀式のために用意された月界樹のしなる蔓《つる》でその手を縛られ、それでも確かな足取りで、たった一人で水面を歩いている。

水無月家の人間は、結界内の余呉湖の水面を歩くことができるのだ。

葉が歩くたびに、余呉湖の水面に波紋が広がっていく。水面に映り込んだ灯籠の灯りが、ゆらゆらと揺れて広がっていく様が、ここからだとよくわかる。

その光景が、あまりに美しく、あまりに残酷な一枚絵のようで……

「………」

葉が、僕の視線に気がついたのか、顔を上げた。

僕たち兄弟は、お互いに視線を交わす。

葉は大丈夫と言わんばかりの、落ち着いた表情だ。

儀式の贄子は事前に、麻酔効果のあるシャガモドキの花を食って、恐怖を感じないようぼんやりとした状況で挑むのが通例だ。

しかし葉のしっかりした表情を見るに、もしかしたらあいつはシャガモドキの花を食わなかったのかもしれない。

「………」

幼い頃は、僕とは真逆な落ち着きのないやんちゃな子で、両親は手を焼いていたと思う。

でも、父や母の言うことはあまり聞かないのに、なぜか兄である僕の言うことは素直に聞いて、どこに行くにもちょこちょことついてくるところがあり、僕はそんな弟が可愛《かわい》くて仕方がなかった。

歳を重ね、二歳差の兄弟でも背格好がそう変わらなくなっていき、幼い頃の愛嬌は持ち合わせたまま、どこか異様に達観したような男になっていった。時には兄である僕よりずっと大人びたところがあるのではと思ったものだ。

あいつは今日の儀式を覚悟していた。きっとずっと昔から。

葉は自分が助かること、助けられることを望んではいない。あいつはそういう奴だし、僕も葉と同じ立場であれば、そう願ったかもしれない。

だけど僕は……

胸の奥に秘めたドロドロの憎悪や葛藤が、今にも溢《あふ》れ出《だ》してしまいそうだった。

ザワザワと湧き上がる、怒りの感情に呑まれて、もうどうにかなってしまいそうだ。

「ボン、堪えてください」

後ろで阜太郎が僕を諭す。

すぐ後ろでおとなしく座っている卯美も、僕を静かに見ている。

「葉君を救い出せるチャンスは必ずあります。計画を忘れずに」

「……わかっている」

儀式が始まる。

形式通り、まず宙に浮いていた大天盃が、六枚花弁の花のごとく、一箇所に集う。

そして各々の代表が前に出て、儀式の始まりの合図として、各々の土地で咲く、色とりどりの紫陽花を湖上に落とす。紫陽花は水無月家を象徴する花だからだ。

本家は青色の紫陽花で、嵐山の月の気配を帯びて年中咲いているものを一輪探して、摘んできたものだった。

「それではご当主。儀式にはご当主の挨拶を賜ることになっております。何か、おっしゃりたいことはございますかな」

道長がこちらを睨みながら言った。他の分家の人間たちも、その視線を僕に集中させる。

偽りの当主の座にしがみついた、身の程知らずの若造。

先代や両親などの後ろ盾を失った挙げ句に、弟も許嫁すらをも奪われていく。

そんな哀れで滑稽な僕が、失意のどん底に落ちていく様を、水無月家の人間は誰もが見たいのだろうな。

僕の挨拶が済めば、儀式は正式に始まりを迎える。

そして龍を余呉湖に呼び戻す〝龍笛〟が鳴らされる。

その龍笛を、道長はこれ見よがしにチラつかせ、僕を牽制していた。

僕には、声の神通力がある。何かおかしな言動をしたら、すぐにこれを鳴らすと言っているかのような視線だった。

僕はチラッと、道長越しに信長を見た。

信長もまた、長浜一門の大天盆に乗り込んでいる。

扇子で口元を隠し、何食わぬ顔をしてこちらを見ているが、その視線は確かに僕に合図を送っている。

何も心配はいらない、やってやれ、と。

だから僕は、手元で静かに扇子を広げ、それを口元に持ってきながら、感情を一つも感じさせない声音で告げた。

「人の命を捧げる儀式で、長々とした挨拶もなんですから、一言だけ」

道長。

儀式の始まりを告げるのは、お前じゃない。

「それでは皆さま、死んでくださいいいいい」

扇子を扇ぎ、さらに畳み掛ける。

「花鳥の大天盆――落ちろいいい」

僕の声の力によって、宙を浮いていた月界遺産〝花鳥の大天盆〟が急速に落下し、余呉湖の水面に着水する。

あちこちから「わああっ」「きゃー」と悲鳴じみた声が聞こえ、宴会の肴《さかな》が宙を舞うのを見た。人々の浮き上がり、体を転がし、着水の瞬間に無様な形で叩きつけられる様も。

申し訳ないというような感情は微塵《みじん》も湧かず、表情一つも変えなかった。どうせ念動でどうにでもなる。

贄子に選ばれた葉は、水無月家の人間たちから容赦なく「死んでくれ」と言われている。

同じ恐怖を、誰も彼も味わうといい。

「あ〜、これ、本当に死人が出てしもたかもですよ〜」

「この程度で死ぬ奴らなら、僕だって苦労しない」

死んでくれと言われても死なないのが奴らではあるが、少なくとも、死を想像してしまうような恐怖を、声の力で味わうくらいはしただろう。

「強かで、悪い男にならはりましたねえ、ボン」

「…………」

「今のボンやったら、たとえ葉君が食われても、水無月家全員を道連れにしてしまいそうや」

皐太郎は冗談のつもりで言ったのか、本気でそう思ったのか。

僕は奴の言葉を無視して、後ろでずっとおとなしく座っていた卯美に視線を向ける。

卯美はスッと立ち上がって、勝ち気な笑みを浮かべて僕を見た。

「では、あとはよろしくお願いしますね。伯父さん」

「おう、任せておけ。立派にお前を演じて、この儀式を無茶苦茶にしてやる！」

お互いに片手をパシンと打ち合う。

その瞬間、卯美に化けていた霜門伯父さんは、次に僕の姿に化け直す。

「よっしゃあ！　いっちょ暴れてやるか！」

僕の姿になった伯父さんは、僕が普段しないような口ぶりと顔つきで着物の袖を捲《まく》り上《あ》げて、ガッツポーズ。

そして湖に落ちた大天盃と、慌てふためく分家の若手、ワーワーと喚いて、こちらに向かって文句を言う分家の重鎮たちを、指差しながら見下ろしている。

「あーっ、はっはははは！　見ろよ！　水無月家の連中がゴミのようだ！」

「霜門さん、ボンの顔と声でそんなこと言わんといてくれます？　イメージに関わるんで」

「馬鹿かおめーっ！　イメージも何も、こんなことしでかしたら水無月家の連中もれなく全員敵に回すだろ！　だったら遠慮なく悪役《ヒール》に徹するべきだぜ！　当主様のご乱心だ！」

一方の僕は存在感を消す月界遺産〝無面《むめん》〟というものをつけ、大天盃の上で身を屈めて隠れつつ、伯父さんと皐太郎の言い合いを聞いていた。

伯父さんに僕の姿に変化してもらった理由は、分家の連中の注意を引きつけてもらうためだ。後々、僕が単独で動きやすくなるように……

思惑通り落ちた分家の大天盃から、お膳や食器、皿や酒瓶やグラスなんかが、念動によって伯父さん（僕の姿）に向かって勢いよく飛んでくる。そんな可愛いものばかりではなく、無数の刃物まで飛んでくるのだから、当たったら痛いどころの話ではない。

分家の連中が怒り心頭で念動を発動し、自分たちを見下ろす本家の大天盆を、同じように落としたいのだ。

「うおっ、あいつらガチだ」

僕の顔をした伯父さんは少々ビビっていたけれど、本家の大天盆は、その結界の防御力が他の大天盆とは比べ物にならない。

それがわかると途端に調子に乗って、

「届かねーよ、バーカ」

大天盆の縁に片足をかけ、分家の人間たちを、凄く憎たらしい顔をして見下ろし、馬鹿にしていた。僕は、おおよそ自分ではやることのない自分の表情やポーズを、後ろから淡々と見ている……

「!?」

と、その時だった。

場が混乱を極めている真っ最中、こういう事態を見越していた長浜一門が、大砲のような姿形をした月界遺産・湖月砲《こげつほう》というものを湖岸に五つほど並べて、構えたのだ。

これは余呉湖の豊富な月の気配を燃料に力を溜め込み、光の砲弾を打ち出すもの。

「な、何か凄いのが出てきたぞ。おい、文也」

「一応〝文也〟は今あなたのはずなんですけどね、霜門さん」

「うるせえ皐太郎！　何か出てきたっつってんだろ！」

長浜の連中はそれを、迷いなく本家の大天盆に撃ち込む。

「う、うわあああっ！」

それは本家の大天盆の頭上で爆発し、ススキの形をした花火のようなものがパッと宙に咲いたかと思うと、その光が流星のごとく本家の大天盆の頭上に降り注ぐのだ。

大天盆はグラグラ揺れ、強い衝撃によって伯父さん（僕の姿）が尻餅をついたけれど、それでも本家の大天盆は硬く、強い。多少揺れただけで撃ち落とされたりはしない。

「チッ。長浜め！　こっちだってえげつない月界兵器用意してんだぞ、コラ！　本家舐めんな！」

応戦するような形で、伯父さんが後ろからバズーカ砲みたいな月界遺産・涙玉砲《るいぎょくほう》を取り出した。これは光るカラーボールのようなものを打ち出し、それが弾けた場所で催涙ガスを放出するという恐ろしい代物だ。

僕の姿をした伯父さんが、それを下界に向かって無差別に撃っている。

下界で涙腺を刺激された分家の者たちが「目がー、目がー」と言いながら逃げ惑っているのが見える。一旦余呉湖から出ようとしている者たちや、結界を張って防御している冷静な連中もいる。何やら負けじと、月界遺産を持ち出して応戦しようとしている連中も。

「おい霜門！　私にもそれをよこせ！　うちのババアにぶち込む！」

「え、え？　神奈？」

さっきまで天川の大天盆に乗っていたはずだが、飛行の神通力でここまでやってきたみたいで、僕の姿をした伯父さんからバズーカ砲を奪う。

「うちのババアって、もしかして水無月かよ様のことですかあ？」と、皐太郎。

「おーよ。あの老害風見鶏ババア、今回は長浜に付くとか抜かしやがった。ボケ始めたし、そろそろ三途《さんず》の川を見せてやった方がいい。四十路《よそじ》の女の独身は恥ずかしいとか、いい加減結婚しろとか言ってくるしな！　死ね！」

「や、やべえ。こいつ私怨が交じってやがる……」

本家の大天盆にいる大人たちは、日頃の鬱憤を晴らすが如《ごと》く、やりたい放題。

歳を重ねた分だけ、この一族の事情や人々に、多くの思うところを募らせている。

こちらが意図的に仕掛けた事態ではあったが、長浜が撃った湖月砲が別の分家の大天盆に落ちたり、念動で操作したものが意図しない場所にぶつかったり、各々が持ち出した月界遺産が暴発したり、不発だったり……予期せぬ喧嘩《けんか》があちこちで勃発したり。

水無月家なんていう一族は、元々あちこちに火種があって、密かにいがみ合い、妬み合っているような醜い連中だ。これに乗じて殴り合ったり、罵り合ったり……何だろうな。

もう、めちゃくちゃだ。

これでは神聖な儀式どころではなく、すでに形式の手順は乱れ、聖地の真上で醜い地獄絵図が完成しつつある。

これが天女の末裔の真の姿だ。何もかも、曝《さら》け出《だ》してしまえ……

大天盆の霜門伯父さんや神奈、皐太郎、そして下界の千鳥お祖母様を筆頭に伏見一門の面々が暴れているその間に、僕は頃合いを見て本家の大天盆から降り、余呉湖の水面に降り立つ。

水面は硬い地面のようでも、柔らかなスポンジのようでもなく、不思議と足に吸い付くような感触で、僕は難なく体勢を整えた。

葉は混乱したこの状況を、何とも言えない表情で呆気にとられて見ていたが、すぐ側に降り立った者を見て、少々身構える。

だけど僕が〝無面〟を外すと、葉は信じられないという顔をしたまま、瞬くことすらなく僕を見つめていた。

「……兄貴」

「葉」

僕は葉と、一日ぶりに向き合った。

昨日まで、あの嵐山の屋敷で、何てことない日々を共に過ごしていた。

たった一日で、あの日々が嘘のように遠くに感じる。

「お前を助けに来た。帰ろう。嵐山の家に」

だが、葉の表情は徐々に憤りを含めた絶望的なものに変わっていき、

「何やってんだよ、兄貴……っ」

僕に向かって、やるせない言葉を吐く。

「俺のことなんて助けようとしなくていい！　俺を助けて、それで儀式が失敗したらどうする！　囚われている六花さんはどうなる！　兄貴は本家の当主だろ……っ、俺より守らなくちゃいけないものが、たくさんあるのに！」

こんなことして、この先、当主としての立場はどうなる、とか。

六花さんの花婿でいられなくなる、とか。

龍に食われたってお父さんの元に行けるからいいんだ、とか。

葉は色々と言っていた。どれもこれも、葉の本心だろう。

「それでもお前を見捨てないと約束した」

僕は、幼い頃に座敷牢に閉じ込められていた葉と、約束した。

亡き父に、眠る母に約束した。

僕の決意はすでに僕だけのものではない。様々な人間の願いを託されて、僕はここに立っている。

ここで家族を見捨てるような選択をしたら、僕はきっと、二度と自分を許せない。

生きていくことすらできないだろう。


「見捨てないぞ、葉。最後の最後まで」


葉がジワリと目を見開き、口をパクパクとさせた後、それをぎゅっと結ぶ。

その時の葉の、瞳の揺れ、煌めきは、あの日見たものと同じ。

そう。座敷牢に閉じ込められていた幼いお前に会いにいった時に、僕がお前に見たものと同じだった。

あの日、あの時……僕は葉を、大切な弟を、水無月家の全員を敵に回してでも絶対に見捨てないと誓ったのだ。


「!?」


僕が葉と接触してすぐ。

この余呉湖に、聞いたことのないような高らかな音が響き渡る。

水面が今までと違う震え方をして、きっと、水無月家の誰もがその気配を感じ取ったはずだ。大いなるものが、我々の方を向いた、強い気配。

僕はハッとして振り返る。

そこには、髪を振り乱した水無月道長が立っていて、龍笛をちょうど口から外したところだった。儀式を台無しにされた怒りで、目が血走っている。

「文也、貴様ぁ……っ！」

激昂した道長は僕の胸ぐらに摑みかかり、そのまま水面に押し倒した。

「やりやがったな！　神聖な儀式をめちゃくちゃにしやがって！」

そう言いながら、この男は、堪えきれない怒りに満ちた笑みを浮かべている。

「だがもう終わりだ！　ははは

っ！　お前はこれで、水無月家の当主ではいられなくなる！　ここで俺がお前を殺したところで、きっと誰も咎めはしない！」

「兄貴！」

葉は僕に駆け寄ろうとするも、道長に続いて長浜一門の連中が状況に気がつき、葉を取り押さえる。道長はそれを確認すると、満足げに懐からあるものを取り出した。

それは、父を撃ち殺したものと同じ、黒い拳銃だ。

「父と同じように、それで僕を撃ち殺すのか」

「……ほお。やはりお前は知っていたか、文也」

「僕をここで殺すくらいなら、僕を龍に差し出せ、道長」

「却下だ」

道長は即答した。そして僕の胸元に、その拳銃を突きつける。

「しかしつくづく……天也《てんや》にそっくりだなお前は。顔も、その言動も」

「…………」

「さっさと撃ち殺してやりたいところだが、お前を今ここで撃ったら、最愛の弟が龍に食われるところを見ずに済んでしまう。それでは俺の気が収まらん。それだけは、じっくり見届けさせてやる。お前の絶望に歪む顔は、さぞ……天也にそっくりだろうからな」

最後の最後まで父を絶望させることのできなかった男が、代わりに僕を追い詰める。

父にそっくりな顔をした僕の、絶望したところが見たくて、見たくて、この男は数年早くに、余呉湖の龍を目覚めさせたのだから。

「さあ、おいでくださいませ！　静かの海のミクマリ様！」

第八話　長浜の菊石姫

ハッと目覚める。

眠りすぎた時のようにズキズキと頭が痛くて、咄嗟に額のあたりを押さえたけれど、その痛みは徐々に薄れていく。

「……え？」

私、私は……

「確か、信長《のぶなが》さんと真理雄《まりお》さんと、賤ヶ岳の山頂にいて……」

葉《よう》君と一緒に信長さんたちと食事をした後、賤ヶ岳の山頂に、余呉湖を見にいった。

龍が余呉湖から琵琶湖に移動する光景を見て、その後やってきた道長《みちなが》さんに、長浜に嫁ぐように言われて一悶着《ひともんちゃく》あった。

信長さんと真理雄さんが、東屋で私のことを落ち着かせてくれて、それで……そう。

そこから先の記憶が全くない。本当に一瞬で、記憶が飛んだ感覚だ。

ここはどこ？　今は何時？　いや、何日なの？

私、なぜ気を失っていて、今ここで目覚めたの――？

「そうだ。葉君……葉君！」

ガバッと勢いよく起き上がり、周囲を見渡す。しかし薄暗い。

夜目が利く水無月《みなづき》家の人間だから、かろうじて見えてはいるけれど、ここがどこなのか全く見当もつかない。

物置というには広々とした、ガランと開けた何もない空間だ。しかしカビ臭かったり、湿った匂いがしたりするというわけでもなく、微《かす》かに甘い匂いがしている。

私はここに敷かれた不思議な模様の絨毯《じゅうたん》の上で寝ていた。


「お目覚めですか、六花《りっか》様」


後ろから、異様に品のある女性の声がして、ハッと振り返る。

天井の丸い窓から淡い光が差し込んでいて、それが日光なのか月光なのか、はたまた人工的な光なのか、もはやわからない。

だけどその光の差す場所に、長い黒髪の、着物の女性が静かに鎮座していた。

……誰？

その女性は上品な所作で手をついて、深く頭を下げた。

「お初にお目にかかります。六花様。わたくしは長浜一門の〝菊石姫《きくいしひめ》〟を襲名している者にございます」

菊石姫――

水無月家には、天女に纏わる姫の名を襲名している女性が数人いる。

本家の女長子である私が〝輝夜姫《かぐやひめ》〟であるように、この人もまた、その手の名前を与えられた女性なのだろう。だけど菊石姫は、今まで全く聞いたことのない名前だ。

いや、信長さんと真理雄さんのやりとりの中で、その名前が出ていたような……

「そうですね。輝夜姫や織姫《おりひめ》、弁天などに比べると、菊石姫は聞きなれないことと存じます。しかし菊石姫とは、この長浜の地に古くから根付いた伝承に出てくる姫のこと。水無月家の始祖の天女ではございませんが、この地の天女伝説の一端を担った姫であり、長浜一門に定期的に生まれてくる、盲目の娘に与えられる名前なのです」

そう言って、彼女はゆっくりと面を上げた。

今になって気がついた。その両眼は固く閉ざされている。

「あ……」

「ふふ。そうお気遣いなさらず。盲目とはいえ、わたくしには〝心眼〟という神通力がございます。心の目で全てを見通しているのです。六花様のご尊顔も心眼でしっかりと見えておりますよ」

菊石姫様は着物の袖を口元に当て、クスクスと笑った。

「六花様。あなた様がこの長浜の地に来てからというもの、わたくしはずっとあなた様を見ておりました。信長にも〝心眼〟で六花様を見守るよう、頼まれておりましたから」

「信長さんの……もしかして、お姉さんですか？」

何となく、そう感じた。

「ふふ。そうですね。私は信長や真理雄、永子《えいこ》の姉に当たる者です。皆、母は違いますが」

「…………」

不思議な雰囲気のある人だ。
千鳥《ちどり》さん、神奈《かんな》さんのように、姫の名を襲名した水無月家の人々とはまた違う、浮き世離れした雰囲気。この人の方が、竹取物語に出てくる、かぐや姫のよう。

「あの……ここは、ここはどこですか？　私、なぜかここで目が覚めて。ある時から記憶がすっぽりと無くて」

「ここは賤ヶ岳中腹にある長浜一門の旧宝物殿です。六花様の御身を守るため、信長の考えでこの場所にて一時的に眠っていただきました。水無月道長もそれは承知なのですが、ここはあの男が近づきたがらない場所ですので。ふふ、わたくしがいるからでしょうねえ……」

「……？」

私が、菊石姫様の言葉の全てを、理解し終えるより前に。
菊石姫様は、背後から一輪の花を取り出し、それを私に差し向けた。
彼女が自身の扇子でその花を扇ぐと、私の元にその香りが届く。

——!?

不思議な香りに誘われ、私は昨晩のことをフラッシュバックさせる。

そうだ。昨日はあれから、信長さんと真理雄さんに、旧宝物殿で会わせたい人がいると言われて、ここに連れてこられた。

この花と同じ匂いが漂ってきて、私は、抗《あらが》えない眠気に誘われてしまったのだ。

「儀式は？　もしかして、儀式は……っ」

記憶が戻ったのと同時に、ドッと、恐ろしい気持ちが湧き起こる。

私の眠っている間に、儀式がすでに、終わってしまったのではないか、と。そのために私を眠らせたのではないか、と。

葉君は……もしかしてもう……

「いいえ、六花様。余呉湖での儀式はまだ始まっておりません。しかしもう間もなく、その時はやってくるかと」

「だったら！　今すぐ行かないと……っ！」

私は急いで壁際に向かい、出入り口だと思われる鉄の扉を押したり引いたりしてみるけれど、びくともしない。重く閉ざされており、強い結界で守られている。

念動を発動しても、やはり全く、動かない。

私はまだ念動が使えていないのだろうか。

いや……あの座敷牢にいた時のような力の沈黙とは違って、念動が発動している感覚がある。だけどより強い力で押さえ込まれているのだ。

「申し訳ございません、六花様。あなたのことは、迎えが来るまでここから出さないよう言われているのです」

それを聞いて、私はゆっくりと振り返る。

菊石姫様は、光の差す場所で、相変わらず静かに鎮座していた。

「これは、あなたの念動の力なのですか？」

「……そうですね。私はここの番人ですから」

と、その時だった。

笛の音のような、高らかな音が耳に届き、その後、ゾワゾワと全身の身の毛がよだつ、恐ろしいものの気配を感じた。

「あ……っ」

私はそれが何なのか察して、体を抱きながら、へなへなとそこに座り込む。

あれは、きっと、余呉湖の龍の気配だ。

儀式が……始まる……

「水無月道長が龍笛を使ったようですね」

「龍笛？」

「長浜一門が占有する月界遺産の一つです。余呉湖の龍、ミクマリ様の気を引く音を鳴らす笛で、六花様が何かを感じ取ったのであれば、それはミクマリ様がこの笛に反応した、その瞬間の気配かと。……道長はこれでミクマリ様を操作できると思っている。実際はそんなことはないのに」

「………」

「ですが、龍笛が鳴ったということは、儀式はすでに始まっているということでしょう。間もなくミクマリ様が、余呉湖にご降臨召される。そして贄子を喰らってしまう」

「だったら、ここを開けてください、菊石姫様！」

「なりません。私も一応、長浜の人間ですので」

「開けて。開けて……っ、私をここから出して！」

「なりません。今のままでは、あなたには何もできない」

扉を何度も叩きながら、叫ぶ。

泣いている場合ではない。私が泣いたって仕方がない。

このままでは葉君が龍の生贄になって死んでしまう。死んでしまったら何もかもが手遅れで、二度と葉君には会えないし、誰もが救われない。

「うう……っ」

自分が無力で、無力すぎて悔しくて、涙がボロボロと零れた。

「文也《ふみや》さん。文也さん。ごめんなさい」

なぜか無意識のうちに、文也さんに謝っていた。

文也さんはきっと、今日この日のために頑張ってきたに違いない。

初めて文也さんに会った時から感じていた、生きることに緊張しているような、徹底した雰囲気。

彼が時々漏らしていた、水無月家の遺産騒動に纏わる葛藤や、私に対する負い目のような言葉の数々が思い出され、全てがこの日、この儀式に繋がっていく。

きっと今だって、葉君のために多くを犠牲にし、水無月家の闇と戦っている。

なのに私は、この大事な時に閉じ込められていて、全然、使い物にならない。

「役立たず、役立たず……っ！」

私は自分の頭を抱え、髪を痛いほど握りしめながら、自身を罵る。

役立たずなんて言葉では済まないのに。もはや、自分が何のために存在しているのか、それすらわからなくなってくる。

ただ本家の女長子として生まれたというだけで、輝夜姫などと呼ばれていたって、本当に無力だ。

「……六花様。あなたの望みを、お聞かせください」

菊石姫様の問いかけに対し、私は吐き出すように答えた。

「葉君を助けたい……っ。葉君を龍の生贄になんて差し出したくない！　奪われたくない」

やっと手に入れた家族と居場所を守りたい。

文也さんや卯美《うみ》ちゃんを悲しませたくない。照子《てるこ》さんとの約束を守りたい。

「昨日までの、あの優しい日々に、帰りたい……っ」

帰りたい。帰りたい。

みんなであの家に帰りたい。

たった一日で、私の信じていた幸せな日常が奪われてしまうなんて思わなかった。

「でも、どうすればいいのかわからない……っ。信長さんは、私であれば葉君の贄子の代わりになると言いました。私が代われるなら……代われるものなら……っ」

ああ、そうだ。私が葉君の代わりになったっていい。

死にかけた命を救ってくれたのは文也さんなのだ。なら、文也さんやあの家族のために、この命を捧げたっていい。

そのくらい、私はあの人たちに救われ、癒《い》やされた。

幸せな時間と、恋の切なく、幸せな気持ちを教えてもらったのだ。

「ならば一つだけ、可能性の話をします。あなた様自身が、龍と対話するのです」

菊石姫様は囁くような声で私に語りかける。

私はハッとして、呼吸を整えながら、ゆっくりと顔を上げた。

龍と……対話？

「そのようなことが、できるのですか？」

「わかりません」

菊石姫様は少し強めの口調で、はっきりと言った。

「ですが、初代輝夜姫様がこの地で龍と盟約を交わし、贄子の儀式を取り決めたという事実がございます。そういう文献が長浜には残っている。ならば水無月家の女長子・輝夜姫様であるあなた様もまた、龍と話ができるのでは、と思うのです。龍との盟約を書き換えることができるのでは、と」

龍との盟約を……書き換える……？

「あなた様の〝耳〟のお力も、このような時のために月より与えられたのかもしれません」

私はそっと自身の耳に手を当てた。

月のモノの音域を拾う耳。月のモノの声を聞く、私の耳——

「龍の声を、言葉を、望みを……あなた様が確かめ、その上で取り引きするのです。贄子の代わりに、何を差し出せば龍は納得できるのか」

「……龍と……取り引き……」

「たとえ龍の声を聞けたとして、きっと難しい駆け引きになるでしょう。しかし、双方の妥協点を見出すのです」

「…………」

今、ふと自分の中に灯った光のようなものがある。

菊石姫様は難しい駆け引きになると言ったけれど、この局面で、私にはまだできることがある。そう思ったら、いても立ってもいられなくなった。

尚更《なおさら》ここから出て儀式の場に向かわないと——

と、その時だった。

「うおりゃあああああああああっ！」

突然、あの重たい鉄の扉がガツンと大きな音を立てて、開いた。

大きな音と大きな声にびっくりしすぎて飛び上がったけれど、鉄の扉の方を見ると、そこには鳥の巣のような頭をした女の子のシルエットと、雪だるまみたいな巨大なシルエットが浮かび上がっている。

あれは、あのシルエットは……

「六花ちゃん！　やっと見つけたぞ……っ」

「卯美ちゃん⁉」

そう。水無月家本家の長女、卯美ちゃんだ。

特大の〝月の羅漢像《ゴーレム》〟を連れている。

「長浜の敷地！　ほんっとややこしい結界に囲まれてんな！　あたしが結界の天才じゃなかったらここに辿り着けてねーぞ！　バカ信長め！」

卯美ちゃんはここまで来るのにかなり苦労したのか、頭をかきむしり、目を吊り上げて怒っていた。

だけどズカズカと私の元までやってくると、私の泣き腫らした顔を見て、ふと悲しそうな表情になる。そして私をギュッと抱きしめてくれた。

「ごめんね、ごめんね六花ちゃん……っ。あたしがいたのに、長浜の連中の侵入を許しちゃって。あいつらに酷いことされなかった？」

「大丈夫です、卯美ちゃん。信長さんや真理雄さんたちが、何だかんだと守ってくださったのだと思います」

「……信長が？」

「ええ。でも葉君が……葉君だけは、連れていかれてしまって……っ」

「…………」

卯美ちゃんは一旦私から離れ、自身の着物の帯の内側から何かを取り出そうと、ゴソゴソと探る。

「もう時間がない。六花ちゃん、これ」

卯美ちゃんが取り出したのは、私にはとても馴染みのあるもの。

「これは、組紐……」

それは以前、文也さんが私に贈ってくれた水色の組紐だった。

私の念動が暴走して一度千切れたことがあったけれど、その後、文也さんが丁寧に編み直してくれた、私の宝物だ。

「この組紐……っ、失《な》くしてしまったと思っていたのです。本家に落としていたのですね！」

「うん。でもそれは幸いだったかも。六花ちゃんと文兄《ふみにい》を、強く繋ぐものがあったから」

「……？」

「いい、六花ちゃんよく聞いて」

卯美ちゃんはしゃがむと、この組紐を改めて私に見せながら、真面目な顔をして説明する。

「この組紐を媒体に、文兄の思念と繋がる〝箱庭〟を作った」

「箱庭？」

「うん。前に六花ちゃんがお母さんの夢の世界に入った話をしていたけれど、多分それに近いものだよ。お母さんの夢の世界って、お父さんが結界の力を使って箱庭化したものだと思うんだ。これ、お父さんの得意技だった。あたしも色々と試行錯誤してやっとできるようになったんだ！　やっぱあたし天才！」

卯美ちゃん、フンと鼻を鳴らす。そして組紐をズイと私に差し出す。

卯美ちゃんの言うことの半分も理解できていないけれど、私はそれを素直に受け取った。

「きっと、文兄は六花ちゃんに、箱庭の中で伝えたいことがあるんだ。さあ目を閉じて！」

言われるがままに目を閉じる。

すると、卯美ちゃんが組紐を握る私の手をその両手で包むようにして「いくよ」と言った。

直後、瞼の向こうが柔らかな陽光で満たされて、明るくなったのを感じる。

ふわりと生暖かい風に吹かれ……私はゆっくりと目を開ける。

「あ……」

青い空。そして黄色いひまわり畑。

そこはまるで、照子さんと出会った夢の中みたいだ。

だけどそこにいるのは、照子さんではなく……

「文也さん……」

「六花さん」

文也さんが、少し向こうに佇んでいる。

その清廉な佇まいは文也さん特有のもので、彼は心配そうに眉を寄せ、憂いある瞳で私を見つめている。

たった一日会わなかっただけなのに、もう何年も会ってないかのような懐かしさに襲われて、胸が締め付けられる。

「文也さん……っ」

私は堪らず文也さんに駆け寄り、縋りつく。

文也さんもまた、同じように私に駆け寄り、強く抱きとめてくれた。

「文也さん！　ごめんなさい、ごめんなさい文也さん……っ」

「六花さん」

「葉君、連れていかれてしまって。私、守れなくて……っ」

私は文也さんの腕の中で、子どもみたいに泣きじゃくる。

泣いていても仕方がないと思っていたのに、文也さんの顔を見たら、もう涙を止めることができなかった。

文也さんは、そんな私の葛藤や動揺をわかっていると言うように、泣く私を強く抱きしめ、髪を撫でる。

「六花さん。すみません。こんな敵陣に攫われて、辛く恐ろしい思いをさせてしまいました。僕こそあなたを守れなくて、すみません……っ」

「…………」

「葉はまだ生きています。儀式は混乱を極め、一時中断されている状態です」

「え……」

私は顔を上げた。儀式が中断しているとは、どういうことだろう。

「しかし龍の力の前に、僕らは無力です。どんな念動、神通力、月界遺産をもってしても、龍が本気を出してしまえば、葉は簡単に食われてしまうでしょう」

そして文也さんは、私をまた強く抱きしめ、声を震わせた。

「六花さん。ごめんなさい」

その声は悲痛を帯びている。

痛いほど抱きしめられているからか、私は文也さんの懺悔を、全身で感じ取っている。

「僕は、今日この日のために、あの日、あなたを迎えにいったのです。孤独だったあなたにつけ込んで、僕なんかの許嫁になってもらって……っ。僕はただ、自身の復讐のために、あなたの力が欲しかった」

「……復……讐……？」

それは文也さんの口から初めて聞いた言葉で、私は少し驚いた。

だけど私は、その声から、確かに彼の底知れぬ憎悪を感じ取っている。

「僕たちの父、水無月天也《てんや》は、あの水無月道長に殺されたのです。事故で死んだわけじゃない……っ。この長浜の地で、僕や信長の目の前で、銃で撃たれて殺された。そしてあの男は、次に葉を殺そうとしている。贄子という、逆らいようのない運命の中で」

「………」

「誰にも葉を救うことができない。贄子の運命を変えられない。父も母も、命を賭けたのに。僕は……っ、何を差し出しても葉を助けられない。僕は無力だ」

文也さんの嘆きの声が、私の耳に注がれていく。

知っていたこと、知らなかったこと。

見えていた文也さんと、見えていなかった文也さんが、そこにいる。

文也さんにも、こんなにドロドロとした、強い負の感情がある。

文也さんをずっと苦しめていたものの正体が、今やっと見えた気がした。

「僕は、あなたを危険な目にあわせようとしている。あなたを利用しようとしている……っ。輝夜姫である、僕は、六花さんに嫌われたって仕方がないことをしようとしている。僕はこんなにも、酷い男だ」

六花さんの力に頼ることしかできない。僕はこんなにも、酷い男だ」

これは文也さんの思念。生身の彼がここにいるわけではないのに、文也さんの声、言葉、熱、その感情が、こんなにも強く響いてくる。

文也さんは本当に、家族思いで愛情深い。

何も言わずに、黙って私を利用すればいいのに。

いつもこうやって隠しきれなくて、苦しんで苦しんで、正直に言葉にしてしまう。

でも、私はこの人のこういうところが、愛おしくて堪らないのだった。

「文也さんは……酷い男なんかじゃありません」

私は、文也さんを抱きしめ返したまま、そう言った。

文也さんはハッとして、私から少し離れて、お互いに顔を見合わせる。

私は辛そうにしている文也さんの頬に触れ、眉を寄せて微笑んだ。

「私、前に言いました。利用すると考えるより助け合うと考えた方が、幸せだって」

「それは……」

「この先、何があっても、あなたが私を迎えにこなければよかったなんて思わない。あなたを酷い男だなんて思わない。嫌いになんて……なれっこない」

「…………」

「だから、いいのです。一人で戦わないで。私にもその重荷を背負わせてほしい」

文也さんは私のこの言葉に、大きく目を見開いた。

そう。出会わなければよかったなんて、絶対に思えないのだから、文也さんがこんな風に思いつめる必要なんてないのだ。

私たちは家族だ。

いつか絶対に家族になるのではなく、もう、家族なのだ。

葉君を助けたいという思いは文也さんだけのものでもなく、私の願いとも重なっている。

家族を苦しめ、文也さんを孤独に追い込もうとする水無月道長を、私だって許せない。

だから、私は文也さんと、一緒に戦いたい。

「私は龍と対話してみるつもりです。私にはまだできることがある。それが嬉しい」

私は自らの胸に手を当てて、強い眼差しで文也さんを見上げて、はっきりとそう宣言した。たとえそれがどれほど危険なことであっても、まだ葉君を救う手立てがあるというのなら、それは希望以外の何ものでもない。私は何だってする。

だけど文也さんは、それでも何か、強い心配があるようで。

「し、しかし。龍は本当に恐ろしく、危険な月界精霊で……あなたに何をするか……」

「もうっ、しっかりなさってください文也さん！」

らしくないほど語気を強め、私は文也さんの両頬を、自身の両手でパシッと叩いた。

文也さん、びっくりして目をパチクリ。

「あなたは本家の当主で、葉君のお兄さんで、私の〝許嫁〟なのでしょう？」

「り、六花さん？」

「…………」

「私に負い目があるようですが、この先ずっと一緒にいてくれれば、それでいいですから」

そしてコツンと、文也さんの胸元に額を押し当て、今の私の顔を隠す。

文也さんは最初こそ、私の図々《ずうずう》しいお願いに驚いているようだったけれど、

「ええ、そうですね。僕とあなたは、ずっと一緒です。約束します」

共に覚悟した。私の力を使う覚悟を。

文也さんは一度優しく私を抱きしめると、肩に触れて私の体を僅かに離し、顔を上げるよう促す。私たちはお互いに、強い眼差しで見つめ合っていた。

「六花さん。いや、六花様。どうか葉をお助けください。僕の力をあなたに預けます。あなたと共に戦いますから」

文也さんはその両手で、私の頬を優しく包むようにして持ち上げ、そして——

「羽衣をお纏いください。——月界の輝夜姫」

涙を一筋流して、そっと私の唇に自身の唇を重ねる。

それは大好きな人との、不意な、ファーストキスだった。

唇を重ねたところから、文也さんの私に対する切ない感情が注がれて、それが心身を満たしていくようで、何だかとても泣きたくなった。

愛情と罪悪感が、砂糖と塩のように混じり合っている。

とても一言では言い表せない、複雑な口付けだ。

だけど私は、それら全てを受け入れる。受け止める。

さっきまで青空だったのに、文也さん越しに見た箱庭の空はいつの間にか夜になっていて、ぽっかりと、巨大な満月が浮かんでいる。

それは月界に繋がる扉であり、穴であり、出入り口であり、窓である。

それは満ち欠けをなぞって、ゆっくり、ゆっくりと開かれていく。

開かれたところから、無数の銀糸が降りてきながら、クルクル、ヒラヒラと、この世にあらざる奇跡を紡いで、それを織っていく。


天女の羽衣。

カラカラ……カラカラ……

色とりどりの月の風車が足元を覆い尽くし、虚しい音を立てて回っている。
月と思《おぼ》しき丸い扉の向こうから、不思議な音楽が聞こえてくる。
知らない旋律の、知らない言語の、知らない楽器で奏でられる、知らない歌。
生まれてくる前に聞いていた気がする、懐かしい歌。

きっとそれは、滅んだ世界に延々と流れ続ける——月界の歌。

第九話

月界の輝夜姫

「六花《りっか》ちゃん、六花ちゃん！」

「――はっ」

卯美《うみ》ちゃんに強めに揺り起こされ、私は意識を現実の世界に引き戻される。

さっきまで文也《ふみや》さんと一緒にいた。

だけどそれは組紐の中に作られた箱庭で、文也さんの思念と会話していただけで、私自身の体は今もまだ長浜一門の旧宝物殿にいる。

卯美ちゃんが心配そうな顔をして、私を覗き込んでいた。

「……大丈夫ですよ。卯美ちゃん。文也さんと、ちゃんとお話できましたから」

横になっていた私はゆっくりと起き上がり、卯美ちゃんに支えられながら、覚束《おぼつか》ない足で立ち上がる。

龍笛の音が再び聞こえた。文也さんの言っていた通り、儀式は今、混乱の最中にあるようだ。本家の誰もが必死に時間を稼いでいるのだと思う。

しかし限界が近い。このままでは葉君《ようくん》が、月の龍に食べられてしまう。

怖いだろう。痛いだろう。死の間際の恐怖を思うと、いてもたってもいられない。一刻も早く助けてあげて、もう大丈夫だって言って、抱きしめてあげたい。

この感情は私だけのものではない。誰かの強い想いが重なっている。

額のあたりが、ジンジンと熱くなっている。

「六花ちゃん、それ」

卯美ちゃんが、私の額を見上げて驚いていた。それで察する。

おそらく今、私の額には〝重ね月〟の紋が浮かび上がっているのだろう。

「そういう……こと、だったのですね。あの時、照子さんは私に……あれを……」

以前、照子さんの夢に入った時、私が彼女から授かったものが、何だったのか。

天女の羽衣は、そこに隠されていたのか、と。

「私、行かなくてはいけません。不思議な歌が……音楽が、聞こえるのです」

「音楽？　あたしには何も聞こえないけど」

卯美ちゃんが不思議そうにして、耳を澄ましている。

「それは古くより、月界への扉が開いた時にしか聞こえてこないという、月の歌。そして、月界への扉を開くのに必要なのは、水無月家最大の家宝……天女の羽衣」

菊石姫《きくいしひめ》様の上品な声がして、私はハッと振り返る。

しかしそこに菊石姫様の姿はない。

光の差し込む場所には、一輪の薄紫色の花と、立派な飾り扇子が置かれているだけだった。

「それ……誰の扇子？」

卯美ちゃんが不思議そうにしていた。

さっきまでここに菊石姫様がいたはずなのに、卯美ちゃんは、そんな人など最初からいなかったように言う。

私だけが菊石姫様と会い、対話していた。

今思うと、菊石姫様のあの雰囲気は、夢の中で会った照子《てるこ》さんや、さっき箱庭で会話した文也さんの雰囲気に近いものがあった。

もしかして私は、菊石姫様の思念と会話していた？

もしかして……菊石姫様は、この世にはもう……

「お借りします。菊石姫様」

菊石姫様に、お使いなさいと言われている気がした。

私はその扇子を手に取ると、もう迷うことなく、この旧宝物殿を出る。

歌が、今もまだ鳴り止《や》まない。

私をずっと呼んでいる。

外に出ると、月の気配を帯びた風がブワリと髪を巻き上げた。

そして私が一歩一歩歩くと、この地に根付く月界の植物たちが、泣きながら、私に平伏《ひれふ》していく。

『いってらっしゃいませ』

『いってらっしゃいませ』

『お目覚めをお待ちしておりました』

『永遠に。永遠に』

『ご降臨、召されよ』


小さな声が、足元から聞こえてくる。

やがてシャガモドキの群生地帯を裸足《はだし》で歩む。

「ちょっ、待って六花《ゴーレム》ちゃん！」

卯美ちゃんが月の羅漢像に乗って、後ろから何度も私に呼びかけていたけれど、私は何だかぼんやりとした心地で、ただ、前へと前へと歩いて進んでいた。

その時、木陰から一人の女性が出てきた。長浜一門の永子《えいこ》さんだった。

「うわっ、永子！　お前何しにきたんだよ、邪魔しにきたのか⁉」

卯美ちゃんが真っ先に驚いていたけれど、永子さんは一度チラッとそっちを見たかと思うと、卯美ちゃんのことは軽く無視して、

「六花様、お迎えに参りました。私が〝転移〟の力で余呉湖までお連れします。時間があ

りませんので」

「……ええ」

永子さんが差し伸べる手に、迷いなく触れた。

「ちょ、ちょ、ちょま――っ」

卯美ちゃんの声が耳の奥で糸を引くように伸びて聞こえていたけれど、やがてそれが、プツンと聞こえなくなる。

「………」

気がつけば、私は永子さんと共に、とある湖岸に立っていた。

永子さんの神通力〝転移〟によるもので、どうやら卯美ちゃんは置いてけぼりになってしまったらしい。ごめんなさい卯美ちゃん。だけど……

「余呉湖……」

そう。目の前に広がる湖は、天女降臨の地と名高く、儀式の舞台でもある余呉湖。

余呉湖には無数の灯籠が浮かび、強い光を灯して、儀式を照らしている。

あれは何だろう。宙に浮く巨大な円盤が一つある。

水面にもいくつか似たようなものがある。

そして――

湖の中央に、巨大な月を背後に掲げた、幻想的な龍のシルエットが浮かび上がっている。

青緑色の鱗を鈍く光らせ、銀河の星々を溜め込んだような紺碧《こんぺき》の双眸を見開いて。

まるで畏怖を象徴する神の如《ごと》く、この地に降臨している。

「龍が……怒っているわ」

そして龍は、その長い肢体をしならせて、爪の鋭い腕を振り回しながら、怒りのままに暴れているようだ。

多くの水無月の人間たちの、数多の思念が渦巻いており、混乱した怒声、逃げ惑う悲鳴のようなものも聞こえてくる。

更には湖岸から大砲のような花火のようなものが撃ち放たれ、それが空でパッと光ったかと思うと、それが光の帯を成して、無数の流星のように儀式の舞台に降りかかる。

更には龍にそれが当たって、龍はますますお怒りだ。猛々しい龍の咆哮《ほうこう》が響き渡り、ビリビリと水面を揺らしている。

確かにこれは、儀式どころの混乱ではない。

炎上も炎上。大炎上だ。

「ご覧の通り、儀式はもうしっちゃかめっちゃかです。あなたの許嫁である文也様が、過激で最高なことをやらかしまして。分家の大天盆が水面に落下し、これを皮切りに大乱闘です。文也様……というよりあれは水無月霜門《みなづきしもん》だと思うのですが、下界の分家たちをめちやくちゃに煽っていたので、そのせいもあって、この混沌《こんとん》とした地獄絵図が完成しました」

永子さんは淡々と、状況を語って教えてくれる。

「父の吹いた最初の龍笛で龍が余呉湖の上空に現れたのですが、なかなか湖に降りてこようとしなくて。それに怒った父が、龍に罵声を浴びせかけ、何度も何度も龍笛を吹きまして。この時、なぜかうちの月界遺産・湖月砲が龍に向かって撃ち放たれて、それが見事命中してしまい……まあこれは真理雄《まりお》にい様のせいなんですけど」

永子さんは視線を横に流して、ゴホンと咳払《せきばら》い。

「そんなこんなで怒り狂った龍が、贄子を喰らう前に暴れ始めてしまい、分家の大天盃が次々に破壊されるという事態に。あ、死人は今のところいないみたいです。最終的にはわからないですけど。でも、偉い人たちって逃げ足速いから」

私は黙って聞いていた。

聞きながら、今見ているものと照らし合わせて、理解する。

「……そう」

文也さんを始め、皐太郎《こうたろう》さん、千鳥《ちどり》さん、霜門さん、神奈《かんな》さんたちは、ここまで何とかして時間を稼いでくれたようだ。その間に卯美ちゃんが私を探して、あの場所から出してくれたのだ。

最初から狂っている儀式ならば、どこまでもめちゃくちゃにしてやる。

そういう意思を、この状況から感じ取った。

「文也様や伏見側が贄子を守ろうと奮闘しておりますが、龍の怒りは凄まじく、それもいつまで持つか。このままでは水無月葉を……結局、贄子を差し出すほかないということにもなりかねません。私は長浜一門の人間ですが、それは避けたい。きっとあなたにしか、この状況を収拾できない。止められない」

「………」

「どうか、一族の闇を……父の愚行をお止めください。輝夜姫様《かぐやひめ》」

永子さんの願いを聞き届け、私は今一度、耳を澄ます。

『許さぬ。許さぬぞ、月界の民の末裔ども！　下界に堕《お》ちた分際で妾《わらわ》を愚弄し、目覚めを妨害し、気分を害した！　挙げ句の果てに、忌々《いまいま》しいあの笛の音で妾を呼びつけ、上からの物言いで命じようとは。なんたる無礼な……っ』

これは……誰の声？　気高くも恐ろしい声が聞こえる。

ああ。きっとこれは、月界精霊ミクマリ様の声だ。

私の耳は、その言葉を不思議議と理解している。

『贄子を差し出せ。贄子を差し出せ。百年に一度の馳走《ちそう》だ！　喰ろうてやらぬことには、この怒りは鎮まらぬ』

とてつもない怒りと、空腹の苦しみ、そして行き場のない虚しい感情が伝わってくる。

月界精霊は高次元の存在で、人と同じような感情はないとばかり思っていたけれど、そんなことはない。その声を聞けば、強い感情は嫌でも伝わってくる。

どうしてここまで、月界精霊を怒らせてしまったのだろう。

きっと、水無月道長《みちなが》の吹いたという龍笛が、第一の原因だろう。

どうやらミクマリ様は、この音を酷く嫌っているようだった。この音で言いなりにさせられることに、嫌悪を抱いているのだ。

水無月道長は、畏れ多くもミクマリ様を従わせようとした。

あの男は、水無月家の人間として儀式を成功させようとしていたのではなく、ただ、自身の望みを叶えようとして、龍を、葉君を利用しようとしただけなのだ。

許せない。

だけど不思議と、心は怖いくらいに澄み渡り、落ち着いている。

私は念動で自身の体を浮かせ、そのままストンと、余呉湖に降り立った。

足先が水面についたその瞬間、余呉湖全域に、波紋のごとく、私の月の気配が伝わっていく。

——!?

誰もがハッと動きを止めて、月の龍すら首を上げた。

その視線、息を呑《の》むような注目を、私は一身に浴びている。

「水無月六花!　ここから先に近寄るな!」

余呉湖に結界を張っていた長浜の者たちが私に気がつき、慌てて駆け寄ってきた。

おそらく、私が現れた場合は何としてでも儀式に近づけるな、と道長に言われているのだろう。だけど、無意味だ。

私は手に持っていた菊石姫様の扇子を、ピシ……ッ、と開く。

そしてそれを、彼らに向かって軽く扇ぐ。

「うわあっ」

フワッと扇いだだけなのに、強い念動の力が突風のように彼らを襲い、まるで紙切れのように吹き飛ばす。

そしてまた、平然と水面を歩く。

一歩一歩、歩くたびに水面が揺らめき、淡い光の足跡がつく。

いつの間にか、湖の周囲を囲むように大蓬萊《ほうらい》桜の木々が現れ、その桜の花びらが、千切れて溢れて、この湖全体に降り注ぐ。

水面が、季節外れの桜の花びらの絨毯で敷き詰められていく……

まるでそれは、私の歩む道を、華々しく見送っている花道のよう。

それにさっきから、光る銀糸が私の周りに纏わりついて、くるくると舞っている。

ああ、これは……

銀糸は月の光の化身のごとく、ひらひらと翻り、衣の形を成していく。

紡がれていく。繋がっていく。

月の世界より舞い降りた、一つの羽衣から始まったおとぎ話。

めでたし、めでたし、で終われなかった、数多の月のモノに振り回される、天女の末裔たちの物語。

天女の羽衣を纏い終わった私は、一度目を閉じ、そして瞼を開き――

儀式の中心部に向かって、今度は強く扇子を扇いだ。

「⁉」

誰もがきっと、衝撃を受けたに違いない。

だってこの瞬間、私以外の水無月の人々の念動と神通力が、まるで電源を落とされたように、ピタリと使えなくなったから。

「お待ちしておりました、六花様」

いつの間にか側に皐太郎さんがいて、私に向かってニッと笑う。

そしてかしこまった口調で私に告げる。

「天女の羽衣を纏った輝夜姫は、月界精霊と唯一対等に会話できる存在になる。そして、あなたが望む範囲の念動、および天女の神通力を全て無効化する。ボンの言うてた通り、本家の文献に残っていた通りです」

「…………」

「せやったらこっから先は、六花様、あなたの独壇場でしょう。ボンや葉君を助けたいのでしょう？　ほな思うがままに、やっちゃってください」

皐太郎さんは、こんな状況の中でも、おどけたような彼らしい笑顔を浮かべていた。

そして、懲りずに私の歩みを止めようとする長浜一門の連中を、見事な体術で軽くあしらっていた。

私はやはり龍の方へと歩み寄っていく。水無月家の人間たちの大半は、誰もがその動きを止め、息を呑み、私のやろうとしていることを見守っていた。

月に纏わる全てを無効化されてしまっては、もはやそれ以外に、やりようもなかった。

「止まれ！　小娘！」

それでもやはり、水無月道長だけは、私の目の前に立ちはだかる。

私の進行を阻止せんと、私に向かって、黒い拳銃を向けていた。オールバックに固めていた髪は乱れ、立派な羽織もクタッとしている。

「儀式の邪魔はさせん！　ここから先に進んだら撃つぞ！」

昨日はあんなに、私を屈服させたと喜んでいたのに、今は余裕がないようだ。

「水無月六花をここに寄せつけるなと言っていたのに……っ、信長《のぶなが》め！　やはり俺を裏切ったな！　あいつら全員殺してやる、殺してやる……っ」

我が子に対し殺意すら滲《にじ》ませて、ここに現れた私に向かって焦りにかられて発砲する。

何発も、何発も、何発も。

しかしその弾が私に届くことはなく、目の前で桜の花びらとなって散る。

道長は舌打ちし、使い物にならない銃を投げ捨てた。そして、

「おい！　余呉湖の龍！　さっさと贄子を喰らえ、役立たずの化け物が！」

私が現れたことで、首を上げて私ばかりに注目していたミクマリ様に対し、身の程知らずの怒声を浴びせかける。

ミクマリ様は再び怒りを露わにし、龍の咆哮を轟《とどろ》かせたかと思うと、すぐ目の前でしゃがみ込んでいる葉君に向かって、その大きな口を開けたのだ。

それを見た私は、ハッと目を大きく見開き、

「ダメよ。食べては」

おおよそ、自分らしくない低い声音で、龍に命じた。

まるで文也さんが、声の力を使って月のモノに命じるように。

私の声が届くと、ミクマリ様はやはりピタリと動きを止め、おとなしく首を上げて私の方を見据える。私にばかり、目を向ける。

「な……っ、小娘、貴様！」

この様子を見て、水無月道長はわなわなと口元を震わせていた。そして髪を振り乱しながら、乱暴に私に摑みかかった。

自分の配下だと思っていた龍が、何もできないと思っていた小娘の言うことに、素直に従ったからだろう。

だけど、私ももうこの男を許すことはない。

「跪け」

バチッと強い拒絶の力が働いて、水無月道長は私から弾かれた。そして余呉湖の水面に強制的に膝をついた。

「ぐ、ぐう……っ」

強い圧力に逆らえず、体を持っていかれたように、手をついて頭を下げたのだ。

逆らえない力で押さえつけられ、屈辱を味わわされるその様は、昨日の私を彷彿とさせ

る。私はというと、金箔《きんぱく》と銀箔《ぎんぱく》で彩られた飾り扇子を口元に当て、

「私に触れるな。汚らわしい」

これまた、私らしくない口調で命令し、目を細めながら罵った。

そして扇子をピシャリと閉じると、その先を、跪く道長の頭に突きつけて、

「その残酷な神通力を、剝奪する」

今もまだ、氷のような軽蔑の眼差しで、水無月道長を見下ろしている。

この世には、到底敵わない存在があるのだと、思い知らせるために。

怖いものなど何一つないように振る舞ってきた男からは、立場、神通力、天女の末裔に纏わるもの全てを奪い、この男が他人に刻んだ分だけ絶望を与え、身の程を弁《わきま》えてもらうしかない。

天女の羽衣を纏った私には、それが可能だった。

私は羽衣の使い方を、なぜかよく知っていた。

「ふ……ざけるな。ふざけるなふざけるな！　それは菊石姫の飾り扇子だな！　その羽衣を俺に寄越せ！　小娘ごときがこの私を見下ろすなあああああ！」

それでもこの男のプライドと執念は凄まじいものがあり、水無月道長は私の念動の圧力

に抗いながら、ガタガタと震える足で立ち上がる。

私を睨みつけ、私に向かって、力んだその手を伸ばし続けていた。

しかしこの男が再び私に触れる前に、真横から、鋭い銃声が響く。

――――パン！

「グアァァア！」

銃弾が道長の足を撃ち抜いて、この男は鈍い悲鳴を上げた後、その場で転がった。

視線を横にやると、そこには銃を構えた信長さんが、憎悪に満ちた赤い瞳で、道長を強く睨んでいた。

「今だ！　今なら血の縛りが効かない！　取り押さえろ！　旧宝物殿に転移させろ！」

信長さんの必死な声が響き、真理雄さんをはじめとした、長浜一門の若い連中が道長を囲むようにして、彼を押さえ込む。

「ふざけるな！　父を裏切る気か！　信長ぁ！　真理雄！　永子！　お前たちが首謀だな！　殺してやる、殺してやる、殺してやる！」

「うるさい雑魚《ざこ》が！　こいつを無常座敷に打《ぶ》ち込め！　そうすれば俺たちは、やっとこいつの血の縛りから解き放たれる！　ハハハハハッ、凄い！　凄いぞ！　六花様が羽衣の力で、クソ親父の力を剝奪してくださった！　自由だぞお前たち！」

道長さんの怒声と、信長さんの高笑いが交じり合う。

ああ、そういうことか。この瞬間を、信長さんたちは待っていたのか。

ならば、水無月道長への報復は、あの男の子どもたちに任せるのが相応しい。

私は余呉湖の龍・ミクマリ様に向き直る。

その銀河を溜め込んだような瞳でじっと私を見つめ、そこに静かに鎮座する、余呉湖の龍・ミクマリ様。

その前で膝をつき、力なく座り込んでいる葉君。

葉君は誰かを抱えている。そこに血だまりができている。

その人を見た私は僅かに心を乱されて、ゆっくりと口を動かした。

「文也……さん?」

私が呟くと、葉君がハッと振り返る。

葉君は、今の今まで私の存在に気がつかないほど、泣いていた。まるで死装束のような白い着物を纏い、手を縛られ、自身を喰らおうとする龍を前に。

「六花さん、兄貴が……兄貴が道長に撃たれて……っ」

葉君が抱えていたのは、銃に撃たれて倒れた、文也さんだった。

私の心臓はドクンドクンと、嫌な高鳴り方をする。しかし、

「……っ、取り乱すな、葉。六花さん大丈夫です。僕は死んではいませんから」

文也さんが腕を押さえながら、ゆっくりと起き上がった。

道長の銃弾がその腕を擦《かす》ったようで、出血とその痛みにその顔を歪めているものの、致命傷ではないようだ。

文也さんは毅然《きぜん》とした面持ちで、私を見た。

「六花さん」

「…………」

私もまた、文也さんを見つめ返し、ええ、大丈夫、というように頷く。

そして不安そうにしている葉君の肩に触れ、微笑みかけた。

「葉君」

葉君は暴れ狂う恐ろしい龍を前に、贄子として食べられそうになっていたその瞬間も、大切な兄が撃たれたことに動揺し、泣いていた。今も泣いている。本当に優しい男の子だ。

いつもそうやって、自分以外の他者を想っている。

家族にこれ以上の苦しみを与えたくないからと、あなたはここに立ったのだから。

でもね、葉君。

「生まれてこなければよかったなんて、言わないで」

「六花……さん……」

「私を〝家族〟だと、最初に言ってくれたのは、葉君なのよ」

生まれてきた意味を知りたい。

かつて、私もそれを願った。

途方もない願いだと思った。そこに答えなんてない、と。

だけど生まれてきた意味なんていうものは、死ぬまできっと、本当の答え合わせなんてできない。

それでもあなたは愛されている。強く〝生きていてほしい〟と願われている。

天女降臨のこの場所で、この局面で、葉君を助けようと奮闘した者たちがいる。

「私もあなたを、絶対に諦めない」

扇子を開き、今一度扇ぐ。

強い衝撃が、私を中心に円を描くように走り、余呉湖の水面に錦の雲が垂れ込める。そして大蓬萊桜の花びらが、いっそう雨のように、ひらひら、ハラハラと舞い落ちる。

カラカラ、カラカラと、風車が回る。

その音の向こうから、月界の歌が聞こえてくる。

さっきまで私にだけ聞こえていた。だけど今は、水無月家の誰もがこの音楽を聞いているに違いない。

「お初にお目にかかります、ミクマリ様」

私は前に進み出て、葉君とミクマリ様の間に立つ。この世のものとは思えない龍の姿をした月界精霊を前に、私は扇子を口元に当てたまま、ゆっくりと首《こうべ》を垂れた。

「私の名前は水無月六花。輝夜姫の権利を行使し、盟約を書き換えにまいりました」

どこからこんな言葉が出てくるのだろう。私は月の意匠が施された、月光を溜め込んだような白銀の羽衣を纏い、一つの恐怖もなく目の前の龍と向き合っている。

まるで私が私ではないかのような、不思議な心地だ。

だけど心の中で、私が私に訴え続けている。

葉君を諦めない。

家族を誰も悲しませない。

絶対にあなたを、一人にしない。

『これはこれは。愛《いと》しく尊い輝夜姫』

余呉湖の龍・静かの海のミクマリ様。

ミクマリ様もまた、私を前に首を垂れる。

その光景を、儀式に参加していた水無月家の人間たちの誰もが、瞬きもできず見つめている。そういう無数の視線がこの瞬間に注がれている。

「六花……さん……？」

葉君も、呆気にとられた顔をして私を見ていた。

一方で文也さんは、私を信じているような眼差しでありながら、一瞬一瞬に気を配っているような緊張を帯びていて、拳を強く握りしめていた。

今の私は、何だか、いつもの私ではない気がする。

そのくらい身体《からだ》が火照り、喜怒哀楽の入り交じる複雑な感情で満ちていた。

ひたすら夢心地なのに、確かな決意だけが私をここに立たせている。

「お願いがあります。ミクマリ様」

『何なりと。愛しの輝夜姫』

「葉君を食べないで」

瞬きすらしないで告げた。

お願いします、なんて嘘だ。まるで命じるような強い視線で、私は龍を見ている。

ミクマリ様が、地響きのような低い唸り声を上げる。そして巨大な首を振る。

『輝夜姫の願いとはいえ、それだけは叶えられぬ』

「食べないで」

『……輝夜姫様は、妾に飢えに苦しめというのか』

「食べないで」

『…………』

ミクマリ様は沈黙した。それだけ強い、私の思念が伝わっている。

やはり文也さんが〝声〟の力を貸してくれている。

羽衣を介して、私はその力を一時的に〝譲渡〟してもらっているのだ。

いつもの自分ならこんなに押しの強いことは言えないだろう。だけど文也さんと一緒に戦っているのだと思うと、勇気が、力が湧いてくる。本当に、文也さんのダイレクトアタックが、私に宿っているみたいだ。

だけど、同時に私の〝耳〟はミクマリ様の苦しみを感じ取っている。

長い眠りから目覚めたばかりで、彼女は本当に飢えていた。

琵琶湖の魚を食べるだけでは、この飢えの苦しみが消えることはなく、水無月家の人間の、贄子の血肉からしか得られない何かがあるということだ。

ミクマリ様をただ我慢させ続けるのも、限界がある。

それは結局、この地に災害をもたらし、数多の命を犠牲にしかねないからだ。

「どうしても贄子を食べなければ、あなたは満たされないの?」

信長さんは言っていた。

私であれば贄子の代わりになりうる、と。

菊石姫は言っていた。

龍と交渉し、双方の落とし所を見つけなければならない、と。

『これはこの世だけで行われてきた儀式ではない。月界でも月界人の肉を差し出されてきた。妾はそういう類いの龍である』

ミクマリ様は厳かな声で、私に言って聞かせた。

『その代わり妾は豊かな水の恵みを司《つかさど》り、この地、この国に住まう命を育んでいる。月界では、龍の数が減って徐々に土地が乾いてしまった。それは月界の、滅びの一つのきっかけにすぎないのだが……』

ミクマリ様はその大きな首を持ち上げ、一度頭上の月を見上げた。

そして故郷である月界に想いを馳《は》せた後、再びゆっくりと私を見据えた。

『百年という周期は、この恵みの循環を意味する。妾はこの贄子を喰らえば、再び百年の眠りにつき、この地に恵みをもたらしながら、百年後に生まれくる次の贄子を待つのだ』

「百年……」

私はそれを聞いて、閃《ひらめ》きのごとく思い至ることがあった。

百年。百年の周期……

この閃きが正しいのか、間違いなのかわからない。

だけどこれ以外に、私はこの状況を打破する提案を思いつかない。

あらゆる葛藤の気持ちをぐっと堪え、私は顔を上げて、ミクマリ様にそれを提案する。

「なら、贅子を食べるのを、あと百年待って、、、、」

おそらくこれが、落とし所。

この局面、この状況で、私のできる最大の賭けだった。

これは結局、葉君が贅子の運命を回避できたわけではなく、百年という時間を稼ぐだけでしかない。それでもミクマリ様は、地鳴りのような低い呻《うな》り声を上げていた。

『ならぬ。贅子を喰らわねば眠りにつけぬ。その百年の間に妾が飢えて死んでしまう。その前にきっと、この地を水没させてしまうであろう』

「…………」

『土地が滅びるだけでは済まぬ。この飢えが限界を迎えれば、この地に住まう者たちを、次々に喰らってしまうだろう。大勢が犠牲になる。妾の気はそう長くはない』

……どうしよう。

羽衣を纏った輝夜姫でも、ミクマリ様を納得させることなどできないのだろうか。

『だがしかし、百年待つ、か』

「……ミクマリ様？」

『輝夜姫の御心構え次第では、叶えて差し上げても、よい』

ミクマリ様のその言葉に、私はジワリと目を見開いた。

「私を、贄子として喰らいたいということですか？」

この発言を間近で聞いていた葉君が、大きな声で私に向かって叫んだ。

「そんなのはダメだ、六花さん！」

葉君は、心底恐ろしいものを前にしたような顔をしていた。

そう。それはダメ。

この選択は、葉君にとって地獄のような、最悪の結果を与えることでしかない。

私が葉君のために何を差し出してもいいと思えるように、葉君もまた、私が身代わりになって犠牲になることを望んではいないのだ。

わかっている。そんなことは、私にだってわかっている。

『まあ、確かに輝夜姫は欲しい。その身を妾のものにできたら、どれほど満たされるか。想像しただけで夢心地じゃ。しかしそのようなことをすれば、他の月界精霊の嫉妬と怒りをかう。特に、妾より格上であるオオツノの。それだけは妾も避けたい』

「え……」

『ただ、欲しいものがある。それは……』

ミクマリ様の願いごと。

ミクマリ様の欲しいもの。


私の耳は、確かにそれを聞き遂げた。

ああ、そんなものでいいのか、と快く了承した。

自分でも驚くほど、僅かも躊躇うことはなかった。

私は自分の右目にそっと手を当てる。

涙のように、それはあっけなく零れ落ちる。

私が両手で差し出したそれに、ミクマリ様が長い首を垂らし、愛おしそうに口付ける。

私とミクマリ様の触れ合った場所を中心に、強い光が波動のように広がっていく。

きっとこれこそが、盟約の書き換わった瞬間だった。

ミクマリ様は、私の差し出したそれを、この世の宝と言わんばかりに口に含んで、飲み込んだ。そして大粒の涙を流す。

ああ、懐かしい。ああ、愛おしい。

帰りたい。月に帰りたい。と。

私にしか聞き取れないような、月界精霊の言語で、嘆いている。

やがて、厳かなミクマリ様の声が、私に向かってそれを宣言した。

『――これにて盟約は書き換えられた。儀式は百年、見送られる』

何だか視界の範囲が狭い気がする……

だけど龍が、その体をズルズルと動かし、まっすぐに空へと首を伸ばし、巨大な月の方へと飛んでいく姿はしっかりと見届ける。

月にそのシルエットを映し込んだと思ったら、余呉湖の背後の賤ヶ岳を越えて、その向こうの琵琶湖の方へと消えていった。今夜は存分に泳ぐのだ、と上機嫌な様子で。

錦の雲が晴れていく。

大蓬莱桜の花びらが水面に溶けていく。

風車がピタリと止まり、月の歌が遠ざかる。

儀式が幕を降ろしていく。

月の扉が、閉ざされていく。

天女の羽衣が、シュルシュルと音を立てて再び細い銀糸に解《ほど》かれていき、それは緩やかな流れを描きながら、消えていった。それと同時に、私は意識が遠のく。

「六花さん！」

文也さんの、私の名前を呼ぶ声だけが聞こえた。

倒れ込む私を、文也さんが傷ついた腕で何とか抱きとめ、そして……

「六花さん。その……目は……」

きっと、文也さんは私の右目を見てしまったのだろう。

その声は、驚愕《きょうがく》と悲痛を帯びている。

私は今の文也さんの表情を確認することができない。視界に何も映らない。

「六花さん。六花さん……っ」

文也さんが抱き寄せてくれる、その力強さと温《ぬく》もりだけは伝わっている。

「ありがとう。ごめんなさい。ごめんなさい……っ」

文也さんは私の胸に顔を埋めて、ひたすらずっと、謝っている。

「一生、あなたを大切にします。一生、あなたの側にいます」

その懺悔が、苦しい。

その一方で、文也さんが側にいてくれるのなら、怖いものなど一つもない。

この先の人生ずっと、寂しくないなあ……なんて、切なくなっている。

「一生、あなただけを愛し抜くと誓いますから……っ」

この人の心を、こんな形で縛って手に入れる。私は悪い女だな。

儀式は終わり、大切な人をひとまず失わずに済んだけれど、文也さんは……

文也さんは、右目を失った私を抱きしめ、ずっと泣いている。

第十話

信長、琵琶湖に沈めてやる。

俺の名前は水無月信長《みなづきのぶなが》。

長浜一門の跡取りで、信長、などというこの国の誰もが知るような天下人の名を与えられ、貴重な〝目〟の神通力を持って生まれた。

頭も良ければ顔もいい。男気があって性格もいい！

周囲からは、何不自由なく、全てを持って生まれてきたように思われている。


ふざけるな。

俺ほど、俺たち兄弟姉妹ほど――

憎たらしい父親の血に縛られ続けた、不自由な子どもたちはいなかっただろう。

俺の父、水無月道長《みちなが》は、初恋に破れ倫理観のぶっ壊れてしまった、クズの権化みたいな哀れな男だった。

この男は長浜一門の総領という立場を利用し、数多の女に自分の子を産ませてきたが、どの女も、子どもも、愛してはいなかったのだと思う。

そんな男にも、ただ一人だけ想い人がいたが、その人の心だけは手に入らなかった。

水無月照子《てるこ》。本家に嫁いだ、文也《ふみや》の母だ。

とはいえ恋とはままならないもので、この水無月照子という女もまた、許嫁の本家の跡取り・水無月六蔵《りくぞう》には愛されず、あっさり捨てられたという。

きっと、父の道長が許せなかったのは、六蔵様が照子さんを捨てたことではない。

捨てられた照子さんを、横から攫っていったのが、同じ分家の身である水無月天也《てんや》だったことなのだろう。

道長はこう思ったのだ。照子が本家の六蔵に嫁ぐというから諦めていたのに、結局同じ分家の男に嫁ぐのならば、自分にだって可能性があったのではないか、と。

水無月家の人間は、初恋に狂い、狂わされる、非常に面倒臭い一族だ。

我が父も例に洩れず、初恋というものに執着し、その恋心を諦められないまま別の妻を娶《めと》り、子を儲《もう》けた。結果的に家族を愛することができず、初恋の女を追い求めた。

道長のままならない恋の話なんて、気色悪くて激しくどうでもいいのだが……

問題は、道長が蔑《ないがし》ろにし続けてきた妻と、その子どもたちについてである。

元々、多くの女に子を産ませるような古臭い因習が、長浜一門にはあった。

一門の考え方は、多くの子が生まれればそれだけ一門は潤い、多方面で力を得ることができる、というもの。

現に、長浜一門の人材の多さは水無月家随一で、それは本家にない力だった。

しかし道長の場合、まるで、恋をした相手が自分に見向きもしなかったその鬱憤を、他の女にぶつけているようだった。

正妻であった俺の母は、元々決まっていた道長の許嫁。

長男である俺を産んでも見向きもされず、常日頃あいつの暴力に晒されて、憂さ晴らしの道具にされていた。母はいつも泣いていたし、身も心もボロボロだった。

ある日、酷く機嫌の悪かった道長が、幼かった俺に理不尽な暴力を働こうとし、母はそんな俺を庇《かば》うため、代わりに死ぬまで殴り続けられた。

殺された俺の母はどうなったと思う？

あいつは母の遺体を弔うこともなく、重りをつけて琵琶湖に沈めたのだ。

琵琶湖には月界魚が無数に住んでおり、なぜか水無月家の人間の遺体を余すことなく食べ尽くす習性があった。これを利用し、長浜の人間は殺人の証拠を残さず、一族にとっての邪魔者を消すことがあった。

母は失踪扱いだったが、誰もが、道長が殺したのだとわかっていた。

しかし大御所たちがそれを咎めることもないし、他の一門の人間が口出しすることもできない。一門の人間であればなおさら、誰もがこの男への恐怖で、事実を口にすることはできなかった。

母はなぜ、あのような死に方をしなければならなかったのか。

気が弱くおとなしかったが、必死になって子どもを守ろうとする女だった。

俺以外の腹違いの兄弟たちのことも気にかけていたし、育児放棄されていた真理雄《まりお》のことも、我が子のように可愛がり、面倒を見ていた。

あんな風に、顔の形がわからなくなるまで殴り続けられ、殺されていい人じゃなかったのに……

だが、道長の暴走は止まらない。

止まるどころか、日に日に加速していく。

この恐ろしい所業は何度となく繰り返され、数多の女が同じように道長の子を産んだ後に殺されて、琵琶湖に沈められたのだった。

母を失った俺たちを気にかけてくれていたのは、道長の長女である水無月奈津目《なつめ》という娘だった。彼女は道長が学生時代につくった娘で、俺とは少し歳に開きがあったが、腹違いの姉に当たる。

彼女は生まれつき盲目であった。

盲目の娘は長浜一門にとって尊い存在で、その娘は〝菊石姫《きくいしひめ》〟の名を襲名する権利と、相応の発言権を持っている。故に彼女は俺たちとは違う扱いを受け、道長も〝菊石姫〟のことは蔑《ないがし》ろにはできずにいる様だった。

菊石姫はそれをわかっていて、自らの権威によって道長を牽制し、俺たち弟や妹をその暴力から庇護《ひご》してくれていた。

しかしあの男は、俺たちの想像を上回るほど、ぶっ壊れていた。

ある日ふと、道長は思ったのだろう。

菊石姫という存在が、目障りだ、と。

長浜一門で絶対の権力者として君臨するため、あろうことか尊い〝菊石姫〟を、俺たちの目の前で殺してみせた。

道長の持つ〝眷属〟の神通力で苦しみを与え、心臓の鼓動を止めたのだ。

そして母たちと同じように、琵琶湖に沈めた。


父を裏切れば、父の邪魔をすれば、菊石姫のように殺してやる。

決して父を裏切るな。裏切れば、連帯責任で皆殺しだ――


だが俺は、菊石姫が琵琶湖に沈められるところを見ながら、心に誓ったことがある。

絶対にこの男を許さない。こんな男のようにはならない。

殺された母親たちと、気高い菊石姫の無念を背負い、いつかこの男を長浜の総領の座から引きずり下ろす。制裁を下す。

それがどんなに難しいことであろうとも。

その機を逃すことなく、俺が、この手でこいつを琵琶湖に沈めてやる、と。


我が父への復讐計画は、菊石姫の死より始まった。

俺にとって一番心を許せる兄弟は真理雄であったが、それ以外の異母兄弟たちとも関係を築き、父への憎悪を確かめ合い、密かに結託した。

一方で、父の興味や執着は、俄然《がぜん》、本家の連中にあった。

想い人であった水無月照子が、水無月天也との間に、文也《ふみや》、葉《よう》、卯美《うみ》という子宝に恵まれ、本家で幸せそうに暮らしていたからだ。

道長は、どうしてもこの家族を壊したかったのだろう。

葉が〝贄子〟に選ばれたと知った時の、道長の、ゆがんだ喜びの顔を忘れられない。

あいつらに天罰が下ったのだ、と本気で思っている顔だった。

それをダシに、本家に散々揺さぶりをかけ、やがて憎い水無月天也をこの長浜の地に呼び出して、殺すことに成功する。

菊石姫を手にかけたあたりから道長のタガが外れ、邪魔者を殺すことに対し、躊躇いがなくなっているのを感じていた。

今まで上手くいきすぎていたし、誰もが見て見ぬ振りをしたから、それがもう、こいつにとっては当然の手段であり、権利のようになっていたのだ。

しかしこの時、道長にとっての誤算があったとすれば——

水無月天也が殺された場面を、俺と文也に見られていたことだ。

文也は父親が殺された瞬間を目撃していながら、告発しようと言った俺に向かって、恐ろしいほど冷静に、今はその時じゃないと言った。

復讐を遂げたければ、早く大人にならなければならない、と。

この文也を見て、俺は思った。


ああ、こいつはヤバい。

いつか必ず、水無月家で誰より危険な男になる——


文也は確かに〝その時〟を待ち、予言された許嫁である六花《りっか》様を迎えにいった。

六花様の存在は、俺もギリギリになるまで知らされずにいた。

しかしそれも当然のこと。本家の女長子の存在は、現在の水無月家の勢力図を一気にひっくり返すほどの影響力がある。

言ってしまえば、文也の切り札だ。

六花様の心を手に入れ、結婚さえしてしまえば、水無月家において文也は勝ちだったし、どうにもならないと思われていた贄子の葉の運命をも、変える可能性を秘めていた。

大きな目的を抱えた文也にとって、六花様とはあくまで利用できる許嫁だった。

しかし実際に六花様と出会い、文也は少し変わった気がする。

六花様の生い立ちに同情したというのもあるだろうが、思いのほか純粋な愛情を注いで関係を築き、孤独だった六花様に寄り添い、傷ついていた彼女を癒やし続けていた。

それを見て、俺は、少し心配にもなった。

このままでは文也が、目的のために六花様を利用することを躊躇うのではないか、と。

六花様のお力なくして、俺たちの復讐は成し得ない。

だから俺は、文也に目的の全てを思い出させるため、予告なく彼女を攫ったのだった。

○

「しかしまあ、それも杞憂《きゆう》だった。六花様は結局、俺たちの予想を遥かに上回る結果を出してくださったのだから。輝夜姫《かぐやひめ》が、あそこまで圧倒的だとは思わなかったな」

ここは、長浜の旧宝物殿の最深部。

そこに備わった〝無常座敷〟に向かう廊下を、兄弟たちと共に闊歩《かっぽ》している。

つい先ほど、俺が次代の長浜一門の総領に就任したところだ。

「そうですねえ。きっと、どの分家の連中も思い知らされたでしょうね」

「アッハッハ。ざまあみやがれ！」

「何であんたが偉そうにしてんですか。俺たちは、あの力にあやかっただけなのに」

真理雄の言う通り、俺たちは天女の羽衣を纏った輝夜姫に、あやかっただけ。

水無月家において輝夜姫とは絶対的で、逆らいようがなく、無敵である。

それを、一族みんなして、まざまざと思い知らされた。

きっとあの場にいた水無月家の人間は、全員が輝夜姫という存在に目を奪われ、心の奥底で畏怖し、平伏しただろう。

月界精霊すら首を垂れる。

あれが水無月家を統《す》べる本家の女長子・輝夜姫様。水無月六花様なのだ、と。

「それにしても、傑作だったな。見たかお前たち。あのクソ親父の呆気にとられた顔。六花様を前に、自身の立場を思い知らされた無様な姿を」

後ろにいた兄弟たちは、誰もがコクンと頷いた。

俺は今もまだ、笑いを堪えるので精一杯。何度思い出しても爆笑もんだ。

「六花様には感謝しなくてはいけませんねえ、若。こちらとしても賭けでしたが、おかげで道長を〝無常座敷〟に打ち込むことができました。更にはあいつの神通力を、永久的に剝奪してくださるなんて」

「それが一番でかいな。奴は六花様の怒りに触れたのだ」

天女の羽衣の発動で、道長の〝眷属〟の神通力が無効化される。その間に奴の自由を奪い、無常座敷に閉じ込める。天女の羽衣の力を事前に文也から聞いていた俺たちは、元々この算段ではあった。

しかし羽衣を纏った六花様のお力はそれ以上で、何とあのクソ親父の神通力を、無効化どころか永久的に剝奪してしまったらしい。

更にはミクマリ様との盟約を書き換え、葉の贄子の運命を、百年先送りにしたというのだから天晴《あっぱ》れだ。しかし彼女は、その対価として右目を失ったとか……

「文也はこの先、六花様には頭が上がらんな。こりゃ浮気はできないぞ」

「ご当主に限ってそんな不誠実なことやらかさないでしょう。あんたじゃあるまいし」

と、腹違いの弟の真理雄。相変わらず俺への信頼が表向きゼロ。

「文也様は誠実が服を着て歩いているような方なのよ！　嫌味が服を着ているような、にい様と違ってね」

とか後ろから言ってくるのは、腹違いの妹の永子《えいこ》。

いつもは素っ気ないくせに、今ばかりは顔を真っ赤にして、くってかかってくる。

「……永子。お前が実は隠れ文也推しだったことを忘れていた。六花様に嫉妬しないのか？　そもそも文也はお前に嫌われていると思っているみたいだぞ」

「ふん。いいのよ別に。推しってだけで、遠くから眺めていたいだけだから」

「ほー。我が妹ながら変わっている」

こいつは昔から、文也が近くにいると、その後ろをこそこそ付けて回るストーカーだった。どうやら文也の雰囲気や顔が好きらしいが、当の本人の前では素直になれずにツンツンしていて、文也は確か、永子に嫌われていると思っている。

我が妹ながら損な奴……親父のように、片思いを拗らせなければいいが……

「それより私は、あの卯美をいつか〝奥様〟って呼ばないといけなくなるのが、ちょっとね。文也様の妹なのに、ちっとも品がないんだもの」

永子は横髪を弄りながら、俺の許嫁について不満を垂れる。

「まあ確かに。卯美とお前じゃ、気が合いそうにないな」

「若だって、卯美ちゃんに相当嫌われてるでしょう。あの時も、一生許さないって、言われちゃいましたしね」

「…………」

真理雄の言う、あの時、というのは儀式が始まる直前のことだ。

ちょうど俺たちが余呉湖に降りていこうとしていた時、卯美が長浜の敷地をこそこそとしていたから、声をかけた。

卯美は俺を見るや否や、親の仇と言わんばかりの恐ろしい形相で俺に月の羅漢像《ゴーレム》を突進させて、俺の体を吹っ飛ばして全身打撲に追いやった。更に俺に馬乗りになり、モグラ叩きのごとくボコボコに殴り、泣きながら言ったのだ。

「葉兄《ようにい》を殺したらお前を一生許さない！　お前に嫁いでも、ずっと許さないからな！」

それで俺は、こう答えた。

「へぇ。そりゃ楽しみだ」

六花様を探しているようだったから、そっと六花様の居場所を耳打ちしてやった。

六花様をあの旧宝物殿から助け出す役目は、卯美に任せるのがいい。

本当は頃合いを見て、真理雄と永子に六花様を解放しにいかせようと思っていたが、どうやら卯美は、六花様を覚醒させるための何かを持っているようだった。

結果的に、卯美は無事に六花様を助け出し、六花様もまた、無事に羽衣をお纏いになって、ミクマリ様との盟約を書き換えてくださった。

俺たちも憎いクソ親父から、最高の形で解放されたというわけだ。

「しっかし、親父の無様なあの姿が、一枚の写真にも残っていないのは残念だ。落ち込んだ時に見たら元気出ると思うんだが〜」

「若のように図太くても、落ち込むことがあるんですね」

真理雄が何の気なしに聞いてきた。

知っているくせにと思ったけれど、俺は不敵な笑みを浮かべて答えた。

「当然だ。落ち込むことがなかったら、こんな復讐心は抱かない」

俺の母が殺された日も。

他の兄弟の母たちが殺された日も。

菊石姫が殺された日も。

文也の父が殺された日も。

俺は酷く落ち込み、後悔した。あんな男が俺の父であることが本当に憎らしくて、生まれてきたことが恥ずかしい、死にたいとすら思ったものだ。

だが、俺が死んでしまっては、いったい誰が兄弟たちを守れる。

俺たちの命と絆は、奇しくもあのクソ親父の神通力によって、繋がっていた。

親父は多くの子を儲けた分だけ、その憎悪を生み出してしまっていたのだ。


「どうも。お父上」

旧宝物殿最深部の無常座敷。

その格子越しに俺たちが現れると、当の親父は顔面をこれでもかと歪めた。

「お前たち……っ」

自身を裏切った我が子たち――特に首謀の俺を睨みつけ、片足を引きずって格子にしがみつくと、親父はその煩《うるさ》い罵声を浴びせかける。

「裏切ったな！　この出来損ないの愚図どもが！　無能な女どもの腹から出てきた分際で、父に逆らうなど……っ」

「おいおい。喚くな、やかましい」

俺は父に現実をわからせてやる。

「水無月道長。お前はもう長浜の総領じゃない。それはさっき俺が正式に引き継いだ」

それがこいつの次に長浜一門を背負う、俺の役目だ。

「お前はただの、多くを殺した一門の殺人者。処分を待つ身の犯罪者だ」

「……っ、誰が私を裁けるものか！　水無月の犯罪は水無月で片付ける。それが古い時代からの掟であり、人間社会では表に出ることもない！　そのうち大御所の誰かが私を解放するために動く。私は散々、あいつらに金を恵んで……」

「はあ～～？」

喚く親父を前に、俺は半笑いで首を傾げる。

「お前は馬鹿か？　馬鹿なのかぁ？　六花様に神通力を奪われた自覚もないと見える」

「……っ」

「六花様があれほどのお力と権限を持っていらっしゃるのであれば、いくら水無月家の大御所どもとはいえ、彼女の存在や意思を蔑ろにはできない。無論、お前のことなんて無視だ、無視。お前は六花様に無礼を働き、その怒りに触れた時点で詰んだのだ。お前を庇うなんて命知らずな行為、誰一人しないだろうよ」

そんなことをしたら、自分までもが六花様の怒りをかう。

ありとあらゆる力と権利を剝奪される。

水無月家の腹黒い大御所どもならそう考えるだろう。

ここから先、水無月家の相続争いはその姿形を変え、文也と六花様が正式に婚姻するまでの間、いかにして六花様の〝花婿〟という地位を奪えるかが争点になってくる。

文也と六花様だって、出会ってまだ二ヵ月程度なのだ。

ならば可能性は十分にあると考え、どこの分家も躍起になって、それ相応の、年頃の男をぶつけにいくだろうよ。

「そもそも長浜のトップは俺だ。お前を裁く権利を俺は持っている。どうだ？　息子にその地位を奪われた気分は。我が子全員に欺かれる気分は！」

俺は親父に扇子の先を突きつけて、煽るように見下ろしてやった。

「でも仕方がないだろう？　全部お前の身から出た錆《さび》だ。お前が殺してきた女たちの怨念を、俺たちは全員で背負っている」

琵琶湖を見るたびに、俺のこの目には、水無月道長によって殺された者たちの思念が、形を成して見えている気がしていた。

この旧宝物殿に、菊石姫様の思念体が残っているように……

「安心しろ、水無月道長。お前はしばらくこの座敷牢暮らしだ。逃げ出そうとしたって無駄だぞ。菊石姫様が見張ってくださっている。すでにそこにいらっしゃる」

「⁉」

親父は自身が殺した菊石姫様の思念を、すでに感じ取っているだろう。

今までで一番、青い顔をしているから。

「そしてある日突然、俺の気まぐれで、お前は俺に処理されて琵琶湖に沈められるのだ」

「な……っ」

「聞こえなかったか？　ならばもう一度言ってやる」

格子越しに水無月道長の胸ぐらを摑み、奴をこの〝目〟で見下ろしながら――

「俺がお前を、琵琶湖に沈めてやる」

ずっとずっと、こいつを琵琶湖に沈めてやりたかった。

仄暗《ほのぐら》い水底で、自分たちが殺してきた者たちの怨念や憎悪に食われて、後悔と懺悔が迫い付く間もなく、この世から消えてほしかったからだ。

「水無月の犯罪は水無月で片付けられる。お前はさっきそう言ったじゃないか。なら何も問題ない。俺がお前を殺して琵琶湖に沈めたところで、きっと誰も俺を咎めたりしないだろうよ。お前は、それだけの恨みをかってきた男だ。せいぜい、琵琶湖に沈められるその日を、この暗い座敷牢で待てばいい」

「…………」

「二度とその汚らしい子種を撒《ま》き散《ち》らすな。お前の子であることを恥じるのは、もう俺たちだけでいい……っ。お前の骨は拾ってやらない。きっと月に帰ることもできない」

水無月道長の、その血を継いでしまった子どもたちが並び、父を冷ややかに睨みつける。

すでにこの世にはいない、菊石姫様の思念も、この男を見張っている。

これは俺たち兄弟姉妹、全員の総意だ。

「……くっ。はははははははは！」

道長は気がおかしくなってしまったのか、ただの負け惜しみか。

座敷牢の中で大笑いし、俺に向かって喚いている。

「信長ぁ！　いつかきっと思い知るぞ！　お前は俺の、若い頃の生き写しだ。俺を殺せばきっともう戻れない！　必ず俺と同じ道を辿《たど》るだろう！　血は争えない！」

「…………ほー」

血は争えない、か。

俺も怖いほど、この男と似ていると感じるところがあったりする。

だが、俺は扇子で口元を隠すと、

「跪け」

おそらく、道長が今、最も言われたくない言葉を吐く。

当然、俺には羽衣も〝声〟の神通力もないので、道長が跪くことはない。

しかし俺には〝目〟の神通力がある。六花様に命じられて、もうどうしようもない力で屈服させられたあの瞬間の屈辱を、こいつは思い出していることだろう。

俺は目一杯の侮蔑の眼差しで親父を見下ろし、奴の戯言《たわごと》を鼻で笑った。

「お前の無様な終わり方を見れば、それが戒めになる。俺はお前とは違う道を行く」

第十一話

六花の目覚め

全ての感情を混ぜて溶かして、やがて無にしてしまったような、不思議な音楽。

知らない世界の、知らない言語の、知らない詩を秘め隠した、遠い昔の月の歌。

それが、ずっとずっと、この耳の奥で響いている。


私は、色とりどりの風車が刺さった錦の雲の上で、ただ一人ちょこんと座り、月の歌とやらに耳を傾けている。

まるで、滅びの世界で延々と流れ続け、私たちを待ち続けているような虚しい気持ちになる。無意識のうちに抱いている「帰りたい」という感情が不思議だ。

でも、月に帰りたいわけじゃない。

私は嵐山のお屋敷での、優しい日々に、帰りたい……

何だかもう、自分の感情がよくわからなくてポロポロと泣いていると、コロンと目元から何かが零れ落ちる。

あらら。零れ落ちたのは私の右の瞳《め》だ。

でも、痛《いた》くも痒《かゆ》くもない。涙が溢れた感覚とそう変わらない。

しかしやがて、瞳がなくなったはずの右の目元が疼《うず》き始める。

あれ、と思ってそこに触れてみると、本来なら窪《くぼ》んでいるはずのところに、硬いガラス玉のようなものが埋め込まれている。

これまた、痛みなどは全くない。

知らないうちに、そこに納まっていた。

『驚いておるのう。驚いておるのう。輝夜姫《かぐやひめ》の瞳をいただく代わりに、妾の宝をそなたに与えたのじゃ』

いつの間にか、隣に幼い少女が座っていた。

青緑色の長い髪をゆらゆらと揺らし、銀河を溜め込んだようなキラキラした瞳で私を見上げている。その口調は、先日も聞いたミクマリ様のものに似ているような……

うん。そうよね。

姿形は違うけれど、この子は、静かの海のミクマリ様だ。

「宝とは何ですか？　ミクマリ様」

『龍の首の玉じゃ。知っておろう』

「竹取物語に出てくる、あの？」

『そうじゃ。龍の首の玉をそなたの瞳の代わりにするとよい。そなたの命が、終わる時まで。約束された、百年先の儀式の日まで。妾とそなたはお互いの宝をその身に宿し、共にあり続ける』

ミクマリ様は何だか上機嫌だ。

百年後はそもそも、どんなに長生きしても私はこの世にいないと思うけれど……

ヒラヒラした薄布の衣を翻し、雲の上をふわふわと舞い遊んだかと思うと、やがて私の元に戻ってきて、再び隣にちょこんと座る。そしてニコッと私に笑いかける。

今になって思う。まさかあの恐ろしい龍の姿をしたミクマリ様が、こんなに可愛らしい少女だったなんて、と。

それでも、この子は……

「百年後に、やはりあなたは、葉君《よう》を食べるのですね」

『当たり前じゃ。不老不死の贄子ほど、美味いものはないからのう』

「例えば私が……羽衣の力で葉君の〝不老不死〟を剥奪しても？」

『ふふん。それは無理じゃ。輝夜姫も気がついておろう？』

「…………」

『不老不死とは、本来であれば輝夜姫に匹敵するほどの、格の高い存在。羽衣の力を持ってしても、お主がそれを剥奪することはできない』

ええ、わかっていた。

本当はあの儀式で、水無月道長《みなづきみちなが》にしたことと同じように、葉君から不老不死の神通力を剥奪しようと思った。だけどできなかった。

水無月家では不老不死の子を、まるで禁忌扱いしていたけれど、月界においてその存在は、本当に特別なものなのだと思い知った。

『輝夜姫。それでも妾は最大限譲歩し、そなたの願いを叶えてやった。不老不死の贄子を喰らうことを、百年も我慢するのじゃ。ゆえに……』

ミクマリ様は、私の耳にしか聞き取れないよう、囁いた。

『そなたの右の瞳は、一生、妾のもの。返してやらぬし、誰にも譲らぬ』

……うん。それは別に、いい。

その瞳は確かにミクマリ様にあげたものだから。

ただ〝龍の首の玉〟か。

竹取物語において、それはかぐや姫が、求婚してくる五人の公達《きんだち》に求めた宝物の一つである。

私は本来の瞳を失ったものの、ミクマリ様が貸し出してくれた〝龍の首の玉〟が私の右の目に擬態し、今後もそこに、静かに収まり続けるという。

『妾はこれより、余呉湖にて百年の眠りにつく。しかしその瞳を通して、いつでも妾に呼びかけるといい。気が向けば力を貸そう。愛しい輝夜姫のためならば』

少女は再び、巨大な龍の姿になっていた。

青緑色に光る鱗と、長い髭《ひげ》、無数の手足を持っていて、その姿はこの世に存在するはずのない、異界の神を象《かたど》っている。でも、恐ろしいとはもう思わない。

大きな顔を摺《す》り寄せてきたので、私は龍の首を撫でて、ありがとうと言った。

私の願いを聞き遂げてくれて、ありがとう、と。

すると龍は満足げに体をしならせ、空を舞い、錦の雲を縫いながら、ぽっかりと浮く巨大な満月の方へと、その姿を隠していった。

○

「六花《りっか》さん……六花さん……っ」

大好きな人に名前を呼ばれると、幸せな気持ちでいっぱいになる。

その人はきっと、私の名前を呼んでくれている間は、私のことを考えてくれているはずだから。

「……文也《ふみや》……さん」

「よかった、目覚めてくれて……っ」

私が目を覚ますと、すぐ側に文也さんがいて、私の顔を覗き込んでいた。

私の手をずっと握ってくれていたみたいだ。

どうりで幸せな心地のする、穏やかな目覚めだった。

「ここ……は……」

「ここは余呉湖の側にある、長浜一門の別邸です。今はここで本家の人間や六花さんを休ませてもらっています。賤ヶ岳の屋敷の方は、かなり慌ただしくしているようですので」

「………」

「六花さんがどこまで覚えていらっしゃるのかわからないのですが……」

私は確か、長浜一門の旧宝物殿にいて、卯美《うみ》ちゃんに助けてもらって、箱庭の中で文也さんと再会して……羽衣を纏った。

そこからの私は、外側から私を見ているような、不思議な感覚で……

まるで、何もかもが、夢物語のようで。

「はっ。葉君……葉君、は……っ」

思わずガバッと起き上がる。そんな私を、文也さんが制止しながら、

「大丈夫。落ち着いてください六花さん。儀式は終わり、そして葉は生きています。僕たち家族は、誰も欠けておりません」

「………」

家族は誰も欠けていない。

それを聞いて、何だか体から力が抜けていった。

再び布団に横たわり、ゆっくりと呼吸を繰り返し、私は泣きそうになるのを堪える。

そうか。儀式は無事に終わった。葉君は、生きているのだ。

「何もかも、あなたのおかげです、六花さん」

「……文也さん？」

「あなたが、ミクマリ様との盟約を書き換えてくださったから、葉は助かったのです」

ゆっくりと、羽衣を纏っていた間の、儀式の様相が思い出される。

そうだ。私、葉君を助けたい一心で、ミクマリ様との対話を果たした。

とある条件で、今回の儀式を百年後に先延ばしにしたのだ。

手を伸ばし、右の目元に触れると、そこには包帯のようなものが巻かれている。

なら、さっきまで見ていた夢は、やはり……

「私、ずっと眠っていたのですか？」

「ええ、そうです。儀式が終わってからも、あなたの額にはあの重ね月の印が浮かび上がっていて……夢幻病に陥ってしまったのではないかと、心配で……」

その話を聞いて、私は改めて、照子《てるこ》さんに与えられたもののことを思い出した。

下鴨《しもがも》の病院で、夢幻病に陥った照子さんの声に導かれ、彼女の夢に入り込んだ。

その夢の世界で、照子さんは自身の額と私の額を合わせて、何かを「お受け取りください」と言った。

あの瞬間、私は照子さんから水無月家の家宝〝天女の羽衣〟を受け取っていたのだ。

あの時は何が何だかわからずにいたけれど、今ならわかる。

失われたはずの天女の羽衣は、照子さんがずっと夢の中で隠し持っていた。

そして私がそこに至るまで、他の誰の手にも渡らないようずっと守り続けていたのだ。

きっと葉君を助けるため。

照子さんと天也《てんや》さんは、我が子を守るこの時のために、夢の世界を作って私を待ってくれていた。

「申し訳ございません……っ、六花さん」

文也さんは畳に手をついて、私に頭を下げる。

「葉を助ける代償に、あなたは右の目を、ミクマリ様に……っ」

文也さんは、ここで一度言葉を詰まらせた。その肩が震えている。

私は黙って、文也さんの言葉を待った。

「僕は……僕は心のどこかで、こうなることがわかっていた。あなたは葉を、僕たちを助けるためなら、何だってするだろう、と」

「…………」

「あなたの優しさと愛情につけ込んで、僕は……っ。あなたの片目を奪ったのは、僕のようなものだ」

片目を失った私を見た時、自分の罪深さを大いに思い知った、と。

このために許嫁として迎えにいったようなものじゃないか、と。

文也さんは懺悔の言葉を連ね続け、私に平身低頭し、謝り続ける。

だけど、私は、

「文也さん。泣かないで」

後悔や苦悩に打ち拉《ひし》がれる文也さんの背に触れ、顔を上げるように言った。

「私は、私の意志で葉君を助けたいと思ったんです。家族を守りたい、と。誰もが幸せになれる道を選んだ。それができたのなら、私は自分を今までで一番誇らしいと思う。今まで生きてきた中で、一番」

「六花さん……」

文也さんは顔を上げ、私を見つめてくれる。私は小さく微笑み返す。

私は文也さんに出会うまで、自分のことを無意味で無価値な存在だと思っていた。

なぜこの世に生まれてきたのかわからない、と。

母に存在を否定され続け、父にさえ生まれてこなければよかったと言われたからだ。

そんな私が、やっとできた居場所と、大切な人たちを守ろうとした。

それができる力を持っていたというのなら、私は多分、片目を失ったとして自分のことを無価値だとは思わなくなるだろう。きっと、自分を愛せるだろう。

自己肯定感というやつだろうか。

私にとってそれを得られる方が、生きていく上で、ずっと大切な気がしていた。

「だから、不幸なことなんて一つもないのです。最悪なのは葉君を失うこと。文也さんや卯美ちゃんを悲しませること。照子さんとの約束を守れないこと。そんな無力な自分に絶望し、打ち拉がれること」

ミクマリ様と対話し、葉君を生かしてもらえる取引をした。

あの時の私は迷わなかった。片目なんて、まるで安いと思う。

「それに箱庭でも言いましたけれど、私は文也さんが、私を迎えにこなければよかったなんて思いません。そんな恐ろしいこと、考えられない」

「……六花さん」

「文也さんが私を迎えにきてくれてよかった。そうだとしか思えないのだから、これでよかったのです」

恩返し、などと言うと文也さんはまた私のことで罪悪感を抱いてしまうだろう。文也さんはそういう人だ。

だけど、あの時の私は葉君を助けたいという感情の裏側で、この人を絶対に悲しませたくないとも思っていた。

あなたを絶対に一人にしない。そのためなら何だってする、と。

我ながら恐ろしいまでの恋心だ。

水無月家の人間らしく、私もこの初恋に狂わされているのかもしれない。

「あ。もしかしたら、文也さんは気がついていないのかもしれません。私、片目を失ったとはいえ何も変わらないのです」

「え……？」

「ミクマリ様が、代わりに授けてくれたものがありますから」

私は、自分の右目に巻かれていた包帯をゆっくりと外す。

この包帯を巻かれていた時は、きっと右目のあたりが、ぽっかりと窪んでいたのだろうと思う。瞳が抜け落ちたわけだから、とてつもなく痛々しい見た目をしていたのだろう。

だから文也さんも、あんな風に後悔に肩を震わせ、私に深く懺悔していた。

しかし私は夢を見た。ミクマリ様が私に、アレを授けてくれた夢。

シュルシュルと包帯が解けて落ちる。

文也さんが私の右の目元を見て、とても驚いている。

「六花さん。その……瞳は……」

一見、右目は元通り、なのではないだろうか。私の視界もいつも通りだ。

私は自分の右目のあたりに手を添えながら、苦笑する。

「これは本来の私の瞳ではありません。この、右の瞳に成り代わっているものは、竹取物語にも出てくる〝龍の首の玉〟なんだとか」

「……龍の……首の玉」

まさか、と言わんばかりの、文也さんの驚愕の表情が面白い。

「どうやら今後は、これが私の瞳の代わりをしてくれるそうです。瞳を失ったと言っても何の違和感もなく、不便もなく、今まで通り両目が機能しています。なので私、実質、瞳を失ったわけではありません！」

私は文也さんを安心させたくて、元気よくそう訴えた。

だけど文也さんは驚愕の表情のまま、絶句して、固まってしまっている。

あれ。もしかしてパッと見に何か違和感があるのかな？

私はまだ、鏡を見て確かめたわけではないので、自分の見た目がどうなっているのか、よくわかっていない。

「……は。そういえば文也さんも、腕を怪我していませんでしたか⁉」

水無月道長の放った銃弾で左腕を怪我し、血もたくさん流れていた。

だけど文也さんは何てことなさそうに、怪我した腕を動かしていたから、今の今まで気がつかなかった。文也さんは眉を寄せ、自身の怪我をした腕を持ち上げ、見つめた。

「ご安心ください。腕の怪我はすでに完治しております。水無月家には多くの薬がありますし、幸い神奈《かんな》がいましたから」

「そう……なのですね。よかった」

私はホッと胸を撫《な》で下《お》ろした。文也さんのあの怪我を見た時、私は本当に、生きた心地がしなかったから。

「あの儀式で多くの者が怪我をしましたが、幸い死人は一人もおらず、皆憎らしいほどピンピンしております。ええ、本当に。悪運の強い連中ばかりで」

あれ。文也さん、何だか残念そうな黒い笑顔だ。もう少し痛い目を見てもよかったのに、とでも言わんばかりの……

と、その時だった。ドタドタと廊下の方から足音が聞こえたと思ったら、

「六花さん！　六花さん起きたの⁉」

襖がスパンと開かれて、ある人物が私の寝ていたこの部屋にやってきた。

「葉君……」

「六花さん……っ」

葉君は、最初こそ呼吸を整えつつ、何とも言えない複雑な表情だった。

だけど目を覚ました私を見て、堪えきれずにうっと目を潤ませる。

私たちはお互いに、しばらく見つめ合っていた。

そして葉君は、勢い余ってそのまま私に抱きつく。

「ごめん……っ、俺のせいで！　六花さんの目が！」

ボロボロ、ボロボロと泣いている。

葉君も、私の右の目が失くなったと思い込んでいるようだが……

「あの。いえ、目はあります。よく見てください」

「え？　うわあっ、本当だ！　何で、何で？」

私の両目が揃っているのを改めて確認した葉君、幽霊でも見たような仰天の表情で、私の肩を揺らす。葉君、だいぶ混乱しているな……

文也さんがそんな葉君を見かねて、

「病み上がりの六花さんを揺らすな」

と叱って私から引き離す。そして葉君に、私の瞳の顛末《てんまつ》を教える。

それでも葉君は、まるで子どもみたいに、うっ、うっ、としゃくりあげながら泣いていた。そんな葉君を見て、私も込み上げてくるものがあった。

「葉君。よかった。葉君がここにいてくれて」

「六花さん」

「葉君が生きていてくれて。それが一番嬉しい」

私もまた、ポロポロと涙を零す。

それを拭いながら、また葉君に笑いかけた。だってこれは嬉しい涙だから。

「そんなの……っ、そんなの、何もかも六花さんのおかげだ。六花さんがミクマリ様との盟約を書き換えてくれたから。俺、一番近くでずっと見ていた。羽衣を纏った六花さんが、大切なものと引き換えに俺の命を助けてくれたんだ……っ」

「葉君……」

それを聞いて、私は一つ思い出したことがあった。

静かの海のミクマリ様。月界精霊の一体である、彼女と交わした約束。

「……ですが、葉君。私は、葉君の何もかもを救えたわけではないのです」

私は胸元に手を当てて、グッと眉を寄せ、視線を落とす。

私は自分が書き換えた盟約の内容を、不思議としっかり理解していた。

「私がミクマリ様に取り付けた約束は、葉君の贄子としての運命を、百年待ってほしいというもの。だから、葉君は結局、百年後には……っ」

それ以上を言葉にすることができない。

そう。結局、葉君は百年後、ミクマリ様の生贄になる運命にある。

そこだけは、どうしても変えられなかった。

羽衣の力で〝不老不死〟の神通力を剝奪することも、できなかった。

ミクマリ様も言っていたけれど、不老不死とは本来、輝夜姫に匹敵するほどの格を持った月界人の特権だからだ。

だけど葉君は、私に向かって、何度も何度も首を振った。

「いいんだ。いいんだよ、六花さん。それはむしろ、俺の救いだ」

「え……」

私はスッと顔を上げる。

葉君はもう泣いていなくて、大人びた、しっかりした顔つきになっている。

「百年後なんて、大切な人はみんな死んでる。それでも生き続けるのは、地獄だよ。それならいっそミクマリ様に食われて、人生を人間らしく終わらせた方がいい」

私は大きく目を見開いた。言葉にし難い、切ない気持ちでいっぱいになる。

改めて、葉君のこの先百年の未来が、幸せで満ち溢《あふ》れていることを願った。

そうしたらまた涙が溢れてきた。

「六花さん。六花さんは俺のことを一番幸せな形で救ってくれたんだよ。そして俺の次の贄子になる、水無月家の不老不死の子どもも救った。周期が百年ズレるっていうのは、きっとそういうことだ。人としての百年の人生を与えられたってことだ。六花さんは本当に凄い。凄い……っ」

葉君は、ポロポロ泣く私の涙をその指で拭いながら、

「ありがとう。ありがとう。六花さん」

感謝の言葉を重ね続けたのだった。

それからしばらく、私たちは余呉湖の畔《ほとり》にある長浜一門の別邸で、安静に過ごしていた。

そこは静かで落ち着いたお屋敷で、信頼のおける者たちしか出入りできないよう、信長《のぶなが》さんたちが配慮してくれていた。それもあって、私たち本家の面々は、ゆっくりと体を休めることができたのだった。

本家の主治医である水無月神奈さんが、毎日のように私の目や容体を診てくれる。

最初は少し疲労感や気だるさがあった。羽衣の力を行使した反動だったり、龍の首の玉が体に馴染もうとしている作用だろう、とのことだ。水無月家のお薬を飲みつつ、次第にそれも落ち着いてきた。

私よりも、文也さんの方がずっと深刻だった。

元々夏風邪をひいていた。その症状を先送りにして全快させるヤバい薬……というのを飲んでいたらしく、私が目覚めたその翌日に高熱で倒れ、その副作用に苦しんでいた。

「まあ、確かに〝回神薬〟はえげつない。これは本家の宝果《ほうか》と、天川一門占有の月界薬術で作った秘薬で、肉体の時間操作をするっていう……ちょっとアレな効果があって。道長に撃たれたボンの腕の怪我も、ぶっちゃけこれで治ったようなもんだし。三日くらいで効果が切れるが、その後は反動で、なんかもう凄い熱が出て、全身の筋肉が千切れるように痛む。しかし我慢強いボンなら耐えられる。死ぬわけじゃない。多分」

というのは主治医の神奈さんのお言葉。

私は文也さんをお見舞いしたかったけれど、副作用に苦しみもがいている様を私に見られたくないということで、そのお部屋には入れてもらえなかった。

文也さんがそこまでしてこの儀式に臨んだのだと思うと、涙腺の弱い私はまたもや泣けてきてしまう。文也さんのことは、葉君が一生懸命お世話しているようだった。

その一方で卯美ちゃんは、儀式の後は一室に引きこもって、ゲームばかりしていて、誰が声をかけても結界で襖を閉じきって、ほとんどそこから出てくることはなかった。

第十二話　恋に狂う一族

あの儀式から一週間——

文也《ふみや》さんが回神薬の副作用から無事に回復し、今夜にでも嵐山に帰宅することになった。

長浜での最後の昼食に出た鯖《さば》そうめんに、みんなして舌鼓をうっている。

鯖そうめんとは、滋賀の湖北の郷土料理らしい。

焼き鯖を甘辛いダシで煮込み、そのダシを染み込ませたそうめんと一緒にいただくお料理だ。ほんのり茶色く色づいたそうめんに、ごろっとした焼き鯖がのっかっていて、見た目も面白い。不思議と手が止まらなくなる美味しさがある、逸品だ。

山椒《さんしょう》を加えると、また風味が変わっていい。

どうやら鯖そうめんはおかずという立ち位置らしく、白ごはんも一緒に用意されていた。

「鯖そうめんは、本来五月に食べられるこのあたりの郷土料理なのです。農家に嫁いだ花嫁の実家が、ちょうど繁忙期の嫁ぎ先を気遣って鯖を届ける〝五月見舞い〟という風習がありましてね」

食事の席でそれを教えてくれたのは、伏見一門の千鳥《ちどり》さんだ。そういえば千鳥さんは、本来は長浜一門の出身で、若い頃に伏見一門に嫁入りしたと聞いたことがある。

「どうして、鯖なのでしょう?」

私が素朴な疑問を抱いて、小さく首を傾げると、

「だよな。滋賀は湖しかないのに」

葉《よう》君はそこが気になっていたみたいだ。言われてみると、確かに。

「古くから、日本海の港の海産物を京に届ける〝鯖街道〟と呼ばれるルートがこの辺まで延びていたんですよ。せやから湖北地方も鯖の郷土料理が多いんです。ね、千鳥様」

皐太郎《こうたろう》さんが陽気なノリで説明を付け加える。

千鳥さんは素っ気ない声で「まあそういうわけです」と答えた。

鯖そうめんだけでなく、他にも、赤こんにゃくのきんぴらや、小鮎《こあゆ》の南蛮漬けなど、この地域ならではの郷土料理の小鉢がある。どれも素材を感じさせる味わいで、体にも良さそう。

滋賀も、魅力的な食材や郷土料理が多く、私は興味をそそられていた。

「しかし、そうめんに始まり、そうめんに終わったなー」

早めに食べ終わった霜門《しもん》さんのさりげない一言に、葉君が思わず吹き出していた。

「マジだ！　攫われたあの日、俺たちそうめん解禁して食べたんだった！」

「そうそう。神奈《かんな》のやつが、お嬢ちゃんの作った麺つゆがうめーって言っててさー」

葉君と霜門さんが机をバシバシ叩いて笑っていたので、怪訝《けげん》な顔をした千鳥さんに「お行儀よく食べなさい」と叱られていた。ちなみに神奈さんはお忙しい方なので、すでに下

鴨の病院に戻っている。

確かに、そうめんに始まり、そうめんに終わった。

今後そうめんを見るたびに、今回の儀式のことや、一連の騒動を思い出しそう。

「……はあーっ。しかし卯美《うみ》のやつ、最後まで部屋から出てこなかったな。今夜、どうやって部屋から連れ出すんだ？　つーか何で、あんなにふてくされてんだ？」

霜門さんが水出しの緑茶をぐびぐび飲んでから、ぼやいた。

誰もが卯美ちゃんのことを考えて、表情を曇らせる。

あの儀式の後から、卯美ちゃんは一室に籠城しっぱなしだ。出てこなくて、襖の前に御膳を置いていると気がつけばそれが空になっているので、食べていることは食べているのだろうけれど……

「卯美は、怒っているのだろう。僕がずっと、信長《のぶなが》との関係を偽ってきたから。そのせいで卯美は、自分の許嫁を敵と認識するしかなく、嫌悪の感情を抱き続ける羽目になった」

「文也さん……」

今の今まで黙って食べていた文也さんが、口を開いた。

私は以前、卯美ちゃんの蔵で聞いた話を思い出す。

卯美ちゃんは信長さんについて、昔は優しかった、とぼやいていた。

最初から信長さんのことを嫌っていたわけではなく、むしろ卯美ちゃんは、元々信長さんのことを……」

「それについては、わたくしもすっかり騙《だま》されておりました。犬猿の仲かと思われていたご当主とあの信長が、裏で協力しあっていたなんて。どうりでご当主の誕生日プレゼントに、サラダパンを送ってくるわけです」

「は？　あいつ意外とマメなんだな……」

千鳥さんの話を聞いて、霜門さんが突っ込む。

「皐太郎。お前は知っていたみたいですけどね。うちの情報を、長浜の信長たちに流していたのも、お前だとか」

「い、いやあ……そこはほら。過程より結果を見ていただきたいもんです。千鳥様」

皐太郎さんが、冷や汗を流しつつ視線を泳がせた。

しかし千鳥さんは、小さくため息をついただけで、

「別に、怒っているわけではありません。水無月道長《みなづきみちなが》……あの男を欺くには、それしか方法がなかったことを、わたくしは理解しております。あの男には、わたくしも正攻法では敵いませんでしたから」

その声音には、文也さんや皐太郎さんの陰の奮闘を労《ねぎら》うような、そういう気持ちが含まれている。その一方で、自分には何もできなかったという悔しい感情も感じられる。

千鳥さんからすれば、水無月道長は息子の天也《てんや》さんを追い詰めた人だったから。

文也さんと阜太郎さんは、信長さんたちと共に、天也さんが水無月道長に撃ち殺される現場を目撃したという。

そこから彼らの復讐が幕を開け、そしてやっと終わったのだ。

全てが一段落した今、ここにいる人々は、各々の心に抱いていた問題や葛藤に対し、様々な形で決着をつけつつあるのかもしれない。

そういう、ぽっかりと気の抜けてしまったような空気が、ここにはあった。

昼食を終えた後、長浜一門の信長さんと真理雄《まりお》さんが、私と文也さんの元へと挨拶にやってきた。実はあの儀式以来、二人に会うのは初めてだった。

というのも、長浜一門はこの一週間、道長さんの件や総領の引き継ぎ、儀式の後始末や他の分家への説明など、多くの対応に追われていて、てんやわんやだったからだ。

「六花《りっか》様。このたびは我が父の度重なる愚行と無礼を、心よりお詫《わ》び申し上げます」

信長さんと真理雄さんは、粛々と私に頭を下げた。

「そ、そんな。頭を上げてください」

私がそう言っても、ずっと頭を下げている。

それで、文也さんの、

「六花さんが困っておられますから、もうその辺で」

という言葉で、やっと二人は頭を上げてくれた。

「その。まさか、文也さんと信長さんが協力関係にあったなんて。私、全く気がつきませんでした。……ずっと、もの凄《すご》く仲が悪いのかと」

昼食の席でもこの話題が出たけれど、文也さんと信長さんが実は組んでいた、という話を初めて聞いた時、私もまた目玉が飛び出すのではと思ったくらい、驚いた。

信長さんは、懐から取り出した扇子を開いて「アッハッハ」と笑う。

「まあ、そう見えるよう演じておりましたからなあ。俺たちが馴《な》れ馴《な》れしいと、バカ親父に動向を探られてしまいますから。俺たち兄弟はあいつに命を握られておりましたから、そこのところを警戒していたのです」

信長さんたちと、水無月道長の関係も、改めて聞いた。

私が剝奪した、水無月道長の〝眷属〟という神通力。

それは、血の繋がりのある我が子の命を、まるで自身の手駒のように弄ぶことのできる、恐ろしい力だった。

「まあ、実際？　子どもたち全員に裏切られて、今や座敷牢で冷や飯を食う日々ですので、あいつの警戒心もあながち間違いではなかったのですが……」

信長さんは、何だかとても上機嫌だ。

自分の父を追い詰め、逆襲する、その目的を果たしたからだろうか。

「六花様は、旧宝物殿に残っている、菊石姫《きくいしひめ》様の思念とお会いになったでしょう？」

「はい。その……菊石姫様は、もう」

それを確認するのが怖くて私が言《い》い淀《よど》んでいると、信長さんはすぐにそれを察して、

「ええ。六花様のお察しの通り、すでにこの世にいるお方ではありません。彼女は俺の腹違いの姉でしたが、十年近く前に道長の〝眷属〟の神通力によって、その心臓の鼓動を止められ、殺されたのです」

「………」

「しかしまあ、菊石姫様は強い力をお持ちの女性でしたから、死してなお、思念が姿を成してこの世に留まり続けたのです。ある意味あれって幽霊ですよね？　今は旧宝物殿の座敷牢に打ち込んだ道長を、バッチリ監視してくださっています。脱獄はまず不可能でしょうねぇ」

顔を扇子で扇ぎながら、あっけらかんと答える信長さん。

私は膝の上でぎゅっと拳を握りしめる。

菊石姫様。やはりそんな気はしていた。この世にいる人の気配ではないと。

それだけではなく、あの水無月道長は妻や愛人を、子を産ませた後、用済みと言わんばかりに次々に殺したという。

母を殺され、姉を殺され、兄弟たちの命を握られて……信長さんたちの父への深い憎しみは当然のように思う。

「あの。その……囚われた道長さん……は、これからどうなるのでしょう?」

私がそれを尋ねると、隣にいた文也さんが、感情を見せない顔をして視線を落としていた。その一方で、信長さんが嬉々として私に尋ねる。

「知りたいですか? 六花様」

「え、えと……」

どうなんだろう。気になると言えば気になる。

私もあの人のことは軽蔑しているし、本当に、大嫌いで仕方がないのだけれど。

「お優しいあなたは心を痛めてしまうかもしれませんので、知らない方がいいかもしれません。ですが、水無月の犯罪は水無月で処理する。天女の遺産や神通力、などというものが関与している以上、一般の犯罪とはわけが違います。なので法で裁かれることはなく、内々で処理するのです」

水無月家では、もうずっとそのようにして、月界の秘密を守ってきたと言う。

「それは……その、どのように……」

これについては、隣の文也さんが淡々と語って、教えてくれた。

「六花さん。水無月家の犯罪は、十一月に執り行われる一族総会の議題に上がります。道長の件も、次の総会で議題に上がるでしょう。そこで各分家の意見を交えて、道長の処分を決めることになります。とはいえおそらく、長浜の現総領である……信長兄さんの判断に委ねられることになるとは思いますが」

「そうですねえ。俺としては、奴は琵琶湖に沈めて月界魚の糧にしてしまうのが一番いいとは思うのですが。あいつが殺して沈めた、俺たちの母や姉と同じように、ね」

信長さんは本気だ。

私の耳はそう判断しているし、彼の瞳は嘘を言っているようには思えない、復讐の色を帯びていた。その憎悪の炎は、今もまだ静かに燃え続けている。

「しかし、六花様。あなたが命じれば、全てはあなたの意のままに動きますよ」

「え……」

「それでは手ぬるいと言うのなら、よりもっと残酷な処分の仕方もありますから」

「信長兄さん……っ」

文也さんが、慌てて何か口を挟もうとする。

しかし信長さんは一度文也さんに目配せした後、前屈みになって、秘密の話でもするように語り続けた。

「六花様。あなたは輝夜姫《かぐやひめ》としての力を覚醒させ、それを水無月家の人間たちに知らしめた。大変結構なことです。大御所どもは思い知ったでしょう。どんなに殿上人を気取っていたとして……輝夜姫には到底、及ばないのだ、と」

「わ、私……そんな……」

私だってそんな大層な存在ではないと言おうとして、戸惑った。

輝夜姫の権利を行使したばかりなのに、そんな無自覚なことを言うと、それはそれで水無月家のみんなを困らせる気がした。

私があれこれと混乱していると、信長さんは次に文也さんに向かって、忠告する。

「文也。お前もこれで何もかも終わったと思うな。天女の羽衣を巡った遺産騒動は、始まったばかりとも言える。気を抜いたら、六花様を分家の連中に奪われるぞ」

「……はい。わかっています、信長兄さん」

文也さんは真面目な面持ちで頷いていた。

「天女の羽衣は六花様にしか扱えない。六花様はさらに、その片目に〝龍の首の玉〟まで宿した。これは竹取物語における五つの宝物の一つであり、天女の羽衣に次ぐ月界の宝だ」

「竹取物語の五つの宝物は、やはり……各分家の土地を守る月界精霊が所持している、ということでしょうか」

と、文也さんは顎に手を添えつつ、信長さんと確認し合う。

「その可能性は高いだろうな。そして月界精霊と対話し、それを手に入れることができるのも、おそらく本家の女長子……輝夜姫様のみ」

顔を扇いでいた扇子をピシャリと閉じて、信長さんは再び、私に向き直る。

「六花様もお覚悟を。これから先、水無月家の連中は誰もがあなたに平伏し、あなたに敬意を示しながら、裏ではあなたの全てを手に入れようと画策するでしょう。きっとわんさとやってきますよ。あなたの花婿の座を狙う男どもが。水無月家の連中の考えることなんて……大抵、こんなところだ」

私は目をパチクリとさせ、

「で、でも私、文也さんの許嫁ですし……っ」

心変わりなんてしないし、大丈夫、ともじもじしながら言うつもりだった。

だけど信長さんと、その後ろに控える真理雄さんは、やれやれと言わんばかりに頭を押さえ、ため息をつく。

「はあ〜っ。六花様はまだまだ幼気でいらっしゃる」と信長さん。

「これは心配ですねえ」と真理雄さん。

「え？　え？」

わけがわからない。

だって、私が文也さんを好きでい続ければ、何も問題ないのでは?

「天女の神通力には、異性を魅了したり、その心を惑わしたり、意のままに操るような力を持つ者もいて、やりようはいくらでもあるのです。いくらあなたが文也にガチ恋していると言っても、ね」

「ガ、ガチ恋……っ」

「隙あらばその手の神通力に搦《から》め取られます。神通力を無効化する天女の羽衣だって、常時纏うわけにはいかんのでしょうし……」

信長さんの後半の言葉はあまり耳に入ってこなくて、私はガチ恋の部分に異様に反応し、真っ赤になって熱々の顔面を手のひらで覆ってしまった。

隣に文也さんがいるのに。隣に文也さんがいるのに。

当の文也さんは涼しい顔をしていて、ゴホンと咳払いした後、

「信長兄さん。あまり六花さんをからかったり、怖がらせるようなことを言わないでください。六花さんが混乱していらっしゃいます」

「ほー。じゃあお前が、しっかりと六花様を守ってやるといい」

「無論。そのつもりです」

「よく言う。今回は俺に、簡単に攫われてしまったくせに。おそらく分家の連中は、お前にもハニートラップを仕掛けてくるぞ」

「はい？　そんなものには引っかかりません。信長兄さんじゃあるまいし」

「何だ、お前。真理雄みたいなこと言いやがって」

あれ？　やっぱり仲が悪いのかな？

と思ってしまうような信長さんと文也さんのやりとり。

しかし嫌味を言い合いながらも、二人は何だかんだと、すっきりした表情をしていた。

「忠告くらい、いいだろう。ねえ六花様。水無月家の人間は、恋に溺れるともれなくみんな馬鹿になるもんですから」

「ば、馬鹿……？」

馬鹿の二文字が、とてつもなく強調されていた。

信長さんは、それでも言い足りないようだった。

「いやほんとに。それまでどんなにまともな奴でも、恋するとなぜか『は？　何があった？』ってくらい人が変わる。はっちゃけて馬鹿をやらかし破滅する。はたまた精神がぶっ潰れて猟奇的な方に向かってしまう。六花様のお父様も、うちのクソ親父もそうでしたけどねえ。痛い目見るのはその子どもたちなんで、悲しいもんですよ」

「………」

その時の、信長さんの視線が、私に静かに訴えていた。

信長さんにとって、最も私に伝えたかったのは、この最後の部分なのだろう。

それは戒めであり、忠告だ。

天女の羽衣を纏うことのできる私が、恋に溺れ、その感情によって暴走でもすれば、水無月家全体を巻き込むような、大きな悲劇を生み出す、と。

わかっています。肝に銘じます。

私も、父の恋の果てにその家族の破滅を見た、一人の子どもだったから。

「あの、信長兄さん。話が変わるのですが、少しよいでしょうか……」

「ん？　何だ文也」

「その、卯美のことで」

私はハッとして文也さんの方を見る。

文也さんはいよいよ、籠城中の卯美ちゃんのことを信長さんに相談したのだった。


「ぎゃあああああああああっ！」

籠城していた部屋の襖を一斉に開け放たれ、部屋の中にいた卯美ちゃんは盛大にひっくり返って凄まじい叫び声を上げた。

許嫁である信長さんがそこにいるのを見て、更に仰天してギャーギャー叫んでいる。

「信長⁉︎　何でお前がここに！」

「何でってお前。ここはうちの別邸だぞ？　しっかし汚くしてくれたな～」

「ぎゃあああっ、うるさいうるさい、やめろ、入るな。うるさいぃぃぃいいい！」

「うるさいのはお前だ、卯美」

「文兄《ふみにい》！　ふざけんなてめーっ！　何でこいつ連れてきたんだよ！」

やはり猛烈な言い争いになり、私はずっと後ろでハラハラしている。

お、女の子相手に、こんな強行突破をしなくても……

汚部屋《おべや》なのは言わずもがな、卯美ちゃんは寝転がって過ごしていたのか、着物も着崩れているし、髪もボサボサ。

これは女子として見られたくない姿かも、とか思っていたけれど、卯美ちゃんはそこのところはどうでもいいらしい。

まず真理雄さんをキッと睨むと、ズカズカと大股で迫り、

「真理雄、お前だな！　あたしの結界破ったの！」

「いやすみません。俺も言われてやったことですから」

「ウザッ！　ムカつく！　なんであたしの結界を破れるんだよ！」

「うーん、そんなこと言われましても……才能かと……」

「ぎゃあああ、ムカつくぅ！」

真理雄さんは卯美ちゃん相手にも飄々としている。その一方で、信長さんがいつの間に

か卯美ちゃんの背後に回っていて、その肩にポンと手を置く。

「卯〜〜美〜〜〜」

「うぎゃあああっ、やめろ！　触んなハゲ！」

卯美ちゃんは素っ頓狂な声を上げ、顔を真っ赤にして飛び上がった。

信長さんは扇子で口元を隠しつつ、そんな卯美ちゃんを煽り見るようにして、

「お前、俺と文也が実は協力関係にあったことを知って、引きこもっていたようじゃないか。実は俺がお前たち本家の味方だったと知って、痺《しび》れたか？　ん？　俺に惚れたか？」

「いや流石にその絡み方はないでしょう、若」

まるでデリカシーの欠片《かけら》もない、信長さんらしいウザ絡みに、私は一層ヒヤヒヤする。

だって卯美ちゃんの目は血走っているし、その鳥の巣のような頭が、もう爆発寸前だ。

「〜〜〜っ！　くたばれっ！」

いよいよ卯美ちゃんが、信長さんの腹部に三連発パンチをお見舞い。

信長さんが「うぐ」と怯《ひる》んでいるうちに、部屋の隅にダダダッと避難したかと思うと、今度は信長さんに向かって、足元に転がっていた小さめの月の羅漢像を、どんどん投げつける。念動ではなく、素手で。

「バカ！　バカバカバカ！　死ね！　いや死ななくてもいいけど、別に！」

「ど、どっちだ。いててっ、やめろ投げるな」

「死なくていい！　でもどっかいけ！」

どっかいけと言いつつ、卯美ちゃん自身が脱兎《だっと》のごとく部屋を飛び出し、縁側から裸足のまま外に走り去ってしまった。

「何だありゃ。ツンデレが過ぎるぞ」と、信長さん。

「いや、若が相当キモかったんでしょう」と、真理雄さん。

「すみませんすみません信長兄さんっ！　おい卯美、待て！」

と、文也さんは大いに焦り、

「私、追いかけます。少し私に任せてください」

私は急いで縁側から外に出て、卯美ちゃんを追いかけた。

ここは乙女心に疎い男性陣には任せられない……っ。と思ったから。

卯美ちゃんの今の感情を理解できるのは、私だけなのかもしれない。

「卯美ちゃん……」

卯美ちゃんは、この別邸のすぐ隣にある小さな社の前で蹲《うずくま》っていた。

ヒックヒックと泣く声が聞こえてきて、私はそれを辿ってきたのだ。

「六花ちゃん。どうしよう」

卯美ちゃんは私の姿を見ると、ますます大粒の涙を流した。

「あたし、違うのに。信長に、あんなことが言いたかったわけじゃないのに」

「ええ……」

何が悔しくて、悲しいのか。

私は卯美ちゃんに寄り添い、小さな口から絞り出す、その素直な声に耳を傾ける。

「本当は、お礼を言わなくちゃいけない立場だって、わかってる。でも、あたし、本当に何も知らなかったんだ。信長たちが、父親に命を握られていたなんて……そんな残酷なこと、一つも知らなかったんだよ」

「……はい」

「なのに、一人で勝手にあいつを嫌いになって、敵認定して、散々な暴言を吐き続けた。あいつをタコ殴りにしたこともある」

「え……」

「本当は、裏であたしたちのために戦ってくれていたのに。信長は兄弟たちの命も背負っていたのに。復讐だって、どう考えても、凄くしんどかったと思う。なのに……っ」

「卯美ちゃん……」

「何も知らなかった。何もしてやれなかった。支え合っている文兄や六花ちゃんと全然違う。全然違う……っ。こんなの、あたし、あいつの許嫁でいる資格なんてないよ」

その言葉に私は、ああ、やっぱり……と思ったりする。

卯美ちゃんは、許嫁の信長さんのことが、本当は大好きだったのだ。

初恋だったのだろうか。好きだった分、憎まずにはいられなかったのだろうか。

それが今更、嫌いになった前提が大きく覆ってしまったから、混乱しているのだ。

「卯美ちゃんは、優しいですね」

「……は？　なんでそうなるんだよ、六花ちゃん」

「だって、その混乱を誰にもぶつけたくなくて、一人で部屋に閉じこもっていたのでしょう？　自分の心が落ち着くのを待っていたのでしょう？」

「………………」

卯美ちゃんは突っ伏していた顔をあげて、私を見る。

大きな瞳が涙で煌めき、眉を思い切り八の字にさせている。そのクシャッと歪んだ表情を見ると、卯美ちゃんのどうしようもない不安や葛藤を思い知らされた。

「信長さんは、きっとわかってくれています。今回の儀式だって、卯美ちゃんが助けにきてくれなければ、私、あの場所から出られなかったですし」

「だ、だけどあれは……っ、信長が、密かに場所を教えてくれて」

「ふふ。ならそれだけ、信長さんに信頼されていたということです」

あの緊迫した儀式の最中に、そういうやりとりがあった。

それだけで、いかに卯美ちゃんの力が信長さんに認められていたのかが、わかる。

自身の復讐に私の力が必要だったのなら、あの時、あの局面で、私の力を解放するのは卯美ちゃんだと、そう信長さんは判断したのだ。

「卯美ちゃんは、これから信長さんを、様々な場面でたくさんたくさん助けていくんですよ。私、そんな気がします」

それに何となく、信長さんが卯美ちゃんに絡む時の声が楽しげで、暴言を吐かれていても、殴られていても、それはそれで面白がっているというか……うーん。歳が離れているせいもあって、私や文也さんとは全く違う関係だから、言葉にしがたい。

いや、これ以上は、何も言うまい。

私が勝手に、二人の関係を決めつけてはいけないから。

「うう〜っ、六花ちゃん。ギュってして、頭撫でて〜っ」

「はい。もちろんです」

卯美ちゃんは私にはちゃんと甘えてくれて、少しずつ落ち着いていった。

別邸に戻ると、忙しい信長さんたちは、すでに賤ヶ岳の母屋の方に帰ってしまっていたけれど……

卯美ちゃんと信長さん。

次に二人が会った時、きっと、本当の許嫁の関係がスタートするのだろう。

その後、私は文也さんと共に、少しだけ余呉湖の湖畔を散策した。

もう夕方の、ひぐらしの鳴くのどかな田園地帯を、私と文也さんは並んで歩く。

「六花さん。卯美のこと、本当にありがとうございました。卯美は六花さんには素直になれるみたいで……ケロッとしていて驚きました」

「いいえ。卯美ちゃん、信長さんたちの事情を知って、色々と考えることがあったのだと思います。でももう大丈夫そうです。卯美ちゃんは……本当に強い子だから」

私はふと立ち止まり、天女降臨の地の真ん中で、夏の夕方の空気を思い切り吸い込んだ。

そして、あの儀式の舞台となった余呉湖を、見渡す。

「それにしても、あの儀式が、まるで嘘のように静かですね、文也さん」

「ええ。本当に」

「ミクマリ様は、もう眠りについたのでしょうか」

「あの儀式の翌日には余呉湖に帰還し、この水底でお眠りになったそうです」

書き換わった盟約の通り、余呉湖の龍は、百年目覚めることはないという。

それから私は、文也さんと湖畔を歩きながら、鳥を見たり花を見たり、蟬《せみ》の抜けがらを見つけたり、夕空に薄《うっす》らと見える月や一番星を指差したりして、穏やかな時間を過ごす。

そんな小さな幸せを感じられる時間の後で、文也さんは……

葉君の贄子の事情を発端とした天也さんの死の真相、水無月道長との因縁、信長さんと誓った復讐に纏わる話を、ポツポツと語ってくれた。

それらは全て繋がっていて、私自身、やっと納得できたことが多々あった。

文也さんの声はとても落ち着いていたけれど、どこか覇気がなく、少し疲れているのがわかる。当然だと思う。

「六花さんには、今まで隠してきたことばかりで。本当に、申し訳ございません」

文也さんは立ち止まると、私に頭を下げて謝った。

ここ数日、文也さんは私に謝ってばかりだ。

少し前を歩いていた私は、切なげに眉を寄せ、

「いいえ、文也さん」

首を振った後、空を仰ぐ。

「私はむしろ、辛いことが何度も何度も起きていながら、それでも文也さんが折れずにいてくれたこと……私の存在に希望を抱いて、あの日迎えにきてくれたことが……奇跡のように思えます」

普通なら、心が折れてしまいそうなことばかりで、話を聞いているだけで辛かった。

私は、自分に降りかかった不幸でいっぱいいっぱいだったのに、文也さんは、もっと大きな敵と戦い続けていて、私のことまで背負ってくれて……

顔を上げると、余呉湖を囲む山に茜色《あかねいろ》の雲が帯のようにかかっていて、それが鏡のような余呉湖に映り込んでいて、とても綺麗だ。

物悲しい、夕暮れ時の夏の風が吹く。

それが私の長い髪を、月の方へと巻き上げる。

懐かしい匂いがして、何だかとても「帰りたい」という気持ちになってくる。

「……っ」

急にズキンと右目が痛んで、私がそれを手で押さえていると、

「六花さん」

すかさず文也さんが来てくれて、私の顔を心配そうに覗き込んだ。

「すみません、少し目元がチクっとして」

「この辺の月の気配が、今の風に吹かれてその瞳を刺激したのかもしれません。少し見せてください」

ちょうど湖畔の、大きな木の下にいた。

私は文也さんに近い距離で顔を覗かれ、なぜかその強い眼差しにピリッとした刺激を感じてしまい、この距離感が、ほんの僅かに怖いと思った。

「あ、あの」

思わず一歩下がって距離を取り、文也さんから顔を背けてしまう。

何だろう、これ。今までこんなことなかった。

文也さんはきっと、ただ真剣に、私の目を見てくれていただけなのに。

文也さんは少し驚いたようだったけれど、やがて目を細め、

「どうして、顔を背けるのですか、六花さん」

低く、落ち着いた声で問いかけた。

「僕のことが、嫌になりましたか？」

「ち、違います」

「もしかして……僕が怖いですか？」

「いいえ、いいえ……っ」

私は胸元に手を寄せ、体を縮こませて、首を振る。

どうしようもなく胸が締め付けられて、何だかもう、自分でも怖いくらいに感極まっている。さっきまでチクチクと痛かった目元から、ポロポロと涙が溢れる。

「どうして、泣くのですか、六花さん」

「わかりません」

だけど、今までの穏やかで幼い恋心が、違う形になりつつあるのに気がついている。

「でも、文也さんが好きなんです……っ」

文也さんに抱いていた、全てを包み込んでくれるような、安心感。

父の代わりに求めた愛情。

それが少しずつ、少しずつ、好きな男の人に求める複雑な恋情に変わりつつある。

突然訪れたその変化が、自分の女心が怖い。

文也さんは、私のこの心の揺れや、情緒不安定な様子を見て戸惑っただろう。

少しの間、押し黙っていたけれど、

「僕だって、この先、どうすればあなたの心を僕に繋《つな》ぎ止《と》められるのか……それを必死になって考えている」

そう、低く単調な声音で、ポツリと言った。

「え……?」

「きっと、色々な男が、あなたを奪うために現れるから」

いつものように甘く優しい声ではない。

さっき信長さんの言っていたことを、心配しているのだろうか。

あの時、文也さんは涼しい顔をしていて何てことなさそうだったのに。

「正直に言います。僕は内心とても焦っている。許嫁などという関係では、安心できない」

一歩、また一歩と、私は背後の大きな木に追い詰められる。

文也さんは私が逃げられない位置で、私の腰に手を回し、自らの方へと引き寄せる。

「僕を見てください、六花さん」

顔を背ける私の頬に触れ、その大きな手で横髪を手繰り、私の顔を、少々強引に自身の方へと向かせた。そして、憂いと鋭さのある眼差しで、私を真上から見つめている。

「文也さん。あの、文也さ……」

「…………」

戸惑う私が目を潤ませ、顔を真っ赤にさせていると、文也さんはその親指で私の唇を撫で、そこに落とし込むような、深いキスをする。

「ん……っ」

グッと強く腰が引き寄せられ、益々《ますます》深く落とし込まれる。

呼吸もままならないほどの、一方的な、文也さんの熱が注がれてくる。

箱庭でのファーストキスとはまるで違う。私はそれを受け止めるばかりで……

「強引なことをして、申し訳ありません。六花さん」

ゆっくりと私を解放し、文也さんは謝った。

私は呼吸を整えながら、恐る恐る文也さんを見上げる。

その瞳は今もまだ強い熱を帯びている。

「あなたに嫌われたくないのに……やはり僕は余裕がない。あなたに気がつかれないよう、抑え込んでいたのに」

「文也……さん……？」

「許してほしいです。六花さん」

文也さんはそう言って、いつものように、優しく私を抱きしめた。

私は体を強張らせていたけれど、次第に力を抜いていき、その抱擁に身を委ねる。

何だかもう、今の文也さんに逆らえる気がしなかった。

「あなたはすでに見つかった。きっとこの先、ますます光を帯びて美しくなっていく。水無月家の数多の男の目を奪い、その心を攫っていく。あなたも、違う男に惹かれるかもしれない。僕から逃げたいと、そう思う時が来るかもしれない」

「…………」

「だけど、絶対に逃がさない」

耳元で囁かれる、文也さんの声は本気で、私は益々心を乱す。

私は、この儀式の負い目で、文也さんの心を益々不自由にしたのではと思っていた。

この先も、文也さんはきっとずっと一緒にいてくれる。だけどそれは私がそう願ったからで、そこに文也さんの強い感情などないのではないか、と。

ならばこの、文也さんからヒシヒシと伝わってくる熱いものは何なのだろう。私の恋心とは何かが違う。わからない。だけど……胸が締め付けられて仕方がない。

私と文也さんは少し離れ、お互いに顔を見合わせた。

潤んだ瞳と唇に、艶っぽい大人の色香を感じ取り、目眩《めまい》がしそうだ。

やがて文也さんが、大人びた顔をしてクスッと笑う。

「なので、六花さん。どうかお覚悟を」

文也さんに翻弄されている。その自覚を抱きつつ、私は頬を染め小さく頷いた。

「……はい。文也さん」

そう答えるだけで、もう、いっぱいいっぱいだった。

やはり私は、自分でも怖いくらい、文也さんが好きで好きで堪らないのだ。

「それでは、帰りましょうか、六花さん。嵐山の本家に」

「ええ。帰りたいです。あのお家《うち》に……っ」

長い遠出だった。やっと我が家に帰れるのだと思うと、私はまたメソメソしてしまう。

文也さんは苦笑して、そんな私の手を引いてくれる。

私たち二人の影が、天女降臨の地と呼ばれる、余呉湖の湖畔に刻まれる。


そうやって、私たちの幼く純粋な恋心が、少しずつ歪み方を覚えていく。


あなたに愛されたい私が。

私を奪われてはならないあなたが。

執着や束縛。焦燥や嫉妬。その心を繋ぎ止めたい感情に苛《さいな》まれ、綺麗なままではいられない本当の恋を始めていく。

結婚に辿り着くまで、どれほどこの恋心に苛まれ、なりふり構わず必死になったり、すれ違ったり傷つけ合ったり、確かめ合ったりしているのだろう。

私たちはいつまで、純粋なままでいられるのだろう。

死が二人を分かつまで——

私のこの初恋に、果たしてゴールはあるのだろうか?

裏

文也、夏の終わりに。

追伸。羽衣は、浅き夢の箱庭にあり。

＊＊＊

これは、夏休み最後の日のこと。

僕は京都東山にある土御門邸を訪れていた。

「この度は、数多のご協力をありがとうございました。カレンさん」

僕は、長浜の儀式でお世話になった土御門カレンさんと、その許嫁である芦屋《あしや》に対し、お礼の〝宝果〟を箱に詰めて包んだ風呂敷を差し出して、深く頭を下げた。

カレンさんは嬉々としてそれを受け取った。

「何。我々にできたことなどほとんどない。後始末にちょろっと顔を出して、水無月《みなづき》家の者たちを宥めたくらいだ。報酬としては、貰いすぎなくらいかな」

「いえ。ぜひお受け取りください。どうせまた、色々と頼むでしょうから」

「あははっ。水無月君は本当に抜かりがない。受け取っちゃったから、次も君に協力するしかないじゃないか！」

目の前の座卓をバンバンと叩いて、豪快に笑っているカレンさん。

カレンさんの素敵なところは、こういう貸し借りの関係を重視するところだ。

僕は本家が占有している〝宝果〟を提供し、カレンさんは陰陽界の戦力を貸してくれる。

今回の儀式で、僕は最悪の事態を想定し、カレンさんたち陰陽師に裏で控えてもらっていた。最悪、本当に、あのミクマリ様を討伐してもらうつもりだったからだ。

しかし六花《りっか》さんが天女の羽衣を纏い、ミクマリ様と交渉してくださったおかげで、そのような事態には陥らず、陰陽師たちの出る幕はほとんどなかった。

いや、全くなかったわけではないのだが……

それは、六花さんが盟約を書き換えた後のこと。

儀式の主催であった長浜一門も機能しなくなっていたことで、水無月家の人間たちが大混乱し、今回の儀式の責任の所在などあれやこれや言い出し、再び月界遺産を持ち出して暴れ始めた。更には、この混乱に乗じて六花さんを連れ去ろうとした連中もいた。

そこで控えていた陰陽師たちが現れ、暴れていた連中を制圧し、第三者の立場からこの混乱を仲裁してくれた……という感じだ。

部外者が出てきたとあって、分家の連中はますます怒っていたけれど、さて、これからどうなるか。

「しかし凄いものを見た。月の龍も凄かったが、何より六花君がね」

カレンさんは、金魚の泳ぐ涼しげな琥珀羹《こはくかん》をつつきながら、儀式の様相を思い出しているようだった。

「私は水無月家の人間ではないけれど、あの神々しい様を見たら、そりゃあ、月より舞い降りた天女という存在を、信じるしかなくなるよ」

「六花さんは特別なんです。あのようなことは、水無月家でも彼女しかできない」

「生徒会のみんなも仰天していた。六花君に、あれほどの力があったなんてね。六花君はなんというか、ほら。いつも君の後ろに隠れがちでおとなしいから。水無月家の人間ではない我々からすると、どうしても君のお嫁さんという目で見てしまう」

「それは……そうなのかもしれませんね。普段は控えめで儚げで、人の話を一生懸命聞いてくれる、とても良い子です。一見、古き良き花嫁を彷彿とさせるかもしれません。しかし、大切なものを守ろうとした時、彼女はとても強い意志の力を発揮する。羽衣を纏った彼女には、誰も、敵わない」

それだけ特別な存在なのに、あんな風に、片方の瞳を迷いなく差し出す。

六花さんとは、そういう女性なのだ。

「それにしても、君、家宝の羽衣は先代当主に隠されたという話だったじゃないか。水無月家は、その天女の羽衣を血眼《ちまなこ》になって探していて、相続権を巡った争いをしている、と。何だか話が少し違っていないかい？　君は最初から、羽衣の在《あ》り処《か》を知っていたの？」

「……いいえ。僕は確かに、儀式の直前まで、羽衣の在り処を知りませんでした」

もちろん、いくつか、目星はついていた。

物理的にどこかに隠されているのではなく、条件が揃うことで出現するものなのだと、それもわかっていた。六花さんの存在が鍵なのだということも……

「先代当主の十六夜《いざよい》は、遺言書を残して亡くなりました。六花さんと葉が攫われたあの日の夜、僕はその遺言書を、改めて確かめたのです。そうしたら遺言書に、今までなかったはずの、追伸が加わっていたのです」

「追伸?」

「ええ。羽衣は、浅き夢の箱庭にあり……と」

追伸の出現の鍵になったのはミクマリ様の目覚めだと思うが、十六夜が事前に、そういう仕掛けをしていたのだろうと思う。

この一文で、僕は全てを察した。

羽衣がどこに隠されていて、今、どこにあるのか。

どうして、父と母と十六夜までもが、協力し合ってその羽衣を隠したのか。

「十六夜には、寿命という名の時間がありませんでした。家宝である羽衣を、六花さんが本家に現れるまで守り通す必要があったのです。そこで羽衣を母の中に隠すことにした。父が生前に、母の中に〝夢の箱庭〟を作って、そこに自身の思念を置いていたから」

父は自身の死を覚悟して、長浜一門との交渉に臨んでいた。

母は、道長の後妻になるくらいなら、夢幻病に陥るという選択をした。

十六夜は、遺言書で分家の連中を翻弄し、六花さんの元に天女の羽衣が渡る日を想って、死んだ。

そうして、僕と六花さんが出会い……

下鴨の病院で、母が六花さんに呼びかけ、六花さんもまたその声に応えた。

六花さんは夢の箱庭に導かれ、そして、母から羽衣を譲渡されたのだ。

「羽衣の所有権は、すでに六花さんに移っていた。僕がこの〝声〟の力で願えば、六花さんはそれを纏ってくださると……わかっていた」

無意識のうちに、そっと自身の唇を撫でた。

カレンさんは、そんな僕をじーっと見ていた。

「何だろう。水無月君、雰囲気がだいぶ柔らかくなった気がするよ。儀式の前なんて、弟や許嫁が攫われているというのに、こっちが心配になるほど冷静だった。その一方で、ピリピリと張り詰めていた。触ると感電してしまいそうなほどにね。今は、人生最大の問題を解決して、気が抜けてしまっているのかな?」

僕は目をパチクリとさせる。あの時の僕は、そんな風に見えていたのか、と。

「そう……ですね。気が抜けているのかもしれません、僕は」

「あの子の、おかげかい？」

「……ええ。全くもってその通りです」

苦笑し、視線を横に流す。

確かに僕は、葉《よう》を贄子の運命から救い、父を殺した道長《みちなが》に復讐するためだけに、ひたすらずっと頑張ってきた。これを達成した今、燃え尽き症候群のようになっていてもおかしくないと、自分でも思う。

「ですが、そろそろ気を引き締め直さなければいけません。次に僕が守らなければならないのは六花さんであり、彼女との婚約関係ですから」

五つの分家は、次に六花さんの花婿という立場を巡り、彼女の心を奪うため相応の男を見立ててくるだろう。

僕なんていうのは、実際のところ、伏見一門の見立てた花婿でしかない。

「へえ。まるで『竹取物語』の五人の公達のようだ。この時代にあの競い合いを拝むことができるとは。面白いね」

「もしくはあれは、月より賜った予言書のようなものだったのかもしれません」

カレンさんと僕は同時にお茶を啜《すす》り、ふう……と憂いを込めたため息をついた。

そう。天女の羽衣を巡った水無月家の遺産騒動は、信長の言っていた通り、やっと始まったばかりなのだ。

そういう意味で、十六夜の遺言書は、何の嘘偽りもない。

羽衣を含む六花さんの心を手に入れた者が、この遺産相続争いを制するのだ。

「ですが、僕は今回のことで、自分の立場をよくよく理解しました。僕は本家の当主という肩書はあれど、本家において絶対的な存在は六花さんで、そこは何があっても揺らぎません。彼女が僕の〝花嫁〟なのではなく、僕が彼女の〝花婿〟なのです」

「あ。俺と同じっすね。婿養子ポジション」

今までカレンさんの後ろでおとなしく控えていた芦屋が、何だか嬉しそうに、自身を指差しながら話に加わった。

「確かに。そうだな」

芦屋のような、家同士が決めた真の婿養子とも違うので、そこが少々ややこしいのだが。

例えばもし、六花さんがこの先、僕ではない別の男を好きになってその男と結婚したいと言えば、僕はもうそれをどうにもできないわけで……

ずっと一緒にいてくれればそれでいい、と六花さんは言ったけれど。

僕と六花さんの婚姻の予言も、僕たちを絶対的に結ぶものではないのだろうし……

当の六花さんは僕を好きでいてくれているのに、本当に僕は余裕がない。

溢《あふ》れ出《で》るもやもやとした感情は、きっと六花さんを何者にも奪われたくないという、一人の男としての独占欲だ。

それに気がついてしまったから、僕はまだまだ当主の座に齧《かじ》りついていなければならないし、気を抜いていられないのだ。


その日の夕方、僕は嵐山の本家に戻った。

ひぐらしの鳴き声が物悲しく響く中、本家の屋敷に続く石段を登っている。

周囲の竹林がさわさわと揺れ、先日の儀式の騒動が嘘のように穏やかな空気が流れていて、僕は不思議な心地になる。

生まれた時からここに住んでいて、好きでも嫌いでもないと思っていた本家だが、今は何だか、帰り道が愛おしい。

どこからか六花さんの声が聞こえてきた。

「あ、ダメよ6号。保冷剤なんて持っていっちゃ。それ凍らせないと使えないのよ」

「はあぁ〜。いいんでし。このままでもぷよぷよ、ひんやりクッションになるんでし」

「クッションにするの？　河童《かっぱ》も夏は暑いの？」

「……夏の暑さにも負けぬ丈夫な体を持ち……でし」

「雨ニモマケズ？　よく知っているわね。河童なのに」

などという不思議な会話が聞こえてくる。

石段を登り終えると、玄関前の庭先で、前屈みになった六花さんと、なぜか保冷剤をひしと抱えている6号がいた。

「あ、ボス〜」

6号が僕に気がついて、声を上げた。

六花さんもハッとして、顔を上げる。

彼女が顔を上げた瞬間、不意にドキッとした。

右目の、夜空を閉じ込めたような深い色と煌めきを、一瞬だけ見た気がしたのだ。

だけど、次の瞬間に見た右目は、もう、いつも通りの六花さんのもので。

「おかえりなさい、文也《ふみや》さん……っ」

六花さんはというと、嬉しそうな顔をして、小走りで僕の方へとやってきた。

側まで来ると、彼女が髪を結っている組紐の、柑橘《かんきつ》の香油の香りが漂ってくる。

「ええ。ただいま戻りました、六花さん。それはそうと6号がどうかしましたか？」

6号はなぜか僕のくるぶしあたりにピッタリくっついている。

6号の持っていた保冷剤も一緒に押し付けられていて、ひんやりする。

「その。6号が保冷剤をどこからか見つけて、持っていこうとしていて……先日千鳥《ちどり》さんが持ってきてくれたケーキの箱に入っていたものだと思うのですが。その、あげても構わないでしょうか？」

六花さんが大いに戸惑っている。

彼女はとても思慮深く心配性なので、保冷剤一つであっても、変なものを与えて6号に何かあったらどうしよう、というようなことを考えているのだろう。

しかしこいつらは、六花さんが思っているよりずっとタフだ。

「保冷剤ぐらいなら、構わないかと。こいつらは本家のあらゆるものを借りパクし、竹林に築いたマンションに溜め込んで、自らの生活水準を上げようとしているだけなので」

「失敬でし。〝借りぐらし〟ってやつでし～」

「借りたまま、返さないだろうが。お前たちは」

僕と6号が言い合っていると、六花さんがその様子を見て、クスクス笑っていた。

眉を開き、安心した様子で笑う彼女の顔が、何だかとても可愛らしくて……

「すみません、戻ってきてそうそう。もしかして、僕の出迎えを？」

「あ、はい……っ。そろそろ文也さんが帰ってくるかなと思って」

横髪を耳にかけながら、恥ずかしそうに小さく頷く六花さん。

うつむきがちな潤んだ瞳に長い睫毛《まつげ》がかかって、瞬くたびに小さな光が散って見える。

……ああ。ダメだな。これは。

僕は思わず、顔を片手で覆って、憂いを込めたため息をついてしまった。

確信している。これから彼女はどんどん輝きを増して、誰にも手の届かないような、美しい大人の女性になっていく。

「……ふ、文也さん？」

僕が謎のため息をついたせいで、六花さんがオロオロとしていた。

眉を八の字にして僕を見上げている六花さんも、儚げで頼りなく、可愛らしい。

「いや。すみません。どうしてでしょう。こんな時に……あなたを迎えにいった、あの日を思い出してしまいました。あの頃のあなたは、本当に、枯れかけた花のようで……」

初めて見た六花さんは、雨に濡《ぬ》れていた。

濡れた髪が顔を覆い、その隙間から見える瞳に光はなく、唇は青く声は掠れていて、突然現れた僕のような男に怯えている。

そんな、世界に見捨てられたような、かわいそうな女の子。

僕が癒やし、守っていかなければと思ったけれど、今はもう、僕が六花さんの存在に救われ、助けられてばかりで、こんな風に心を乱されている。

あの時は、自分がこんなにも、この子を求めてしまうとは思わなかった。

「……私は少しくらい、変われたでしょうか」

その時、六花さんがポツリと呟いた。

「少しは文也さんに見合う、許嫁になれたでしょうか」

頬を染め、瞳を潤ませて、僕に問いかける。

僕は僕が、六花さんの花婿でいられるかを心配していたのに、六花さんという人は……

「文也さんは、その、私を……っ」

六花さんはそこで、ピタッと表情が強張る。

それ以上は言葉が出ないようだった。

輝かしいと思っていた瞳に影がかかり、自信なさげに、視線が落ち込む。

そういうところに、まだ、出会った頃のような自信のなさが見え隠れしていて、僕は胸を締め付けられた。

というか、あれ。もしかして六花さんは、僕がこんなにも六花さんに翻弄され、心乱されていることに、気がついていないのではないか?

なぜ? 余呉湖でも僕は、結構グイグイ迫っていたと思うのだが。

ダイレクトアタックをかましていたと思うのだが。

「わ、私、お夕飯の準備をしてきますね。今日は葉君のリクエストでアジフライなんです。文也さんも、お勤め帰りでお腹が空いていると思うので……っ」

僕が何も答えなかったからか、六花さんは逃げるように、玄関へと向かおうとする。

彼女は何だか泣きそうな顔をしていた。

そんな六花さんの手首をパシッと握り、僕は彼女を引き止める。

「……文也さん？」

驚いて振り返った六花さんに、僕はこの声で、静かに囁く。

「六花さん。僕は、あなたが好きですよ」

「…………」

竹林のザワザワと揺れる音や、ヒグラシの鳴き声が遠ざかっていく。

そうか。ちゃんと言葉で言わないと、彼女には伝わらない。


「あなたを愛しています」


この言葉を、今までずっと、言えずにいた。

愛情不足の幼子のように、彼女がこの言葉を追い求めているのだとわかっていても、言ってしまったら、僕の中の醜い復讐心や、六花さんへの罪悪感を見抜かれる。

この言葉にそんな不純物が混じっていては、かわいそうだ、と思っていた。

だけどもう遠慮はいらない。やっと僕は正直になれる。

六花さんのその耳は、僕のこの言葉にのせた想いを、聞き取ってくれるはずだ。

「…………」

六花さんはしばらくその大きな瞳を見開いたまま、僕を見上げていた。

キョトンとしたような、ぼんやりとしたような、何とも言えない表情だ。

しかしやがて、ポロッと涙を零す。僕は焦った。

「す、すみません六花さん。こんなところで急に。困りますよね……」

六花さんは俯きがちにフルフルと首を振り、そしてもう一度、顔を上げた。

その、涙をポロポロ零しながら浮かべた笑顔に、目を奪われる。

それは今まで見た誰の笑顔より切なく、美しく、尊いもの。

「嬉しいです。幸せです。私ばかりが、文也さんを好きで好きで堪らないのだと思っていたから……っ」

それを聞いて、もっと早く言葉にするべきだったと、後悔してしまった。

言葉で傷つけられてきた彼女にとって「愛している」の言葉は、やはり大きい。

言葉が一番、安心できるのだろうから。

ならばこの先、何度だって言えばいい。聞いてもらえばいい。

僕と六花さんの関係は、きっとここから、新しい歩みを始めるのだろうから。

「でもきっと、私の方が文也さんを好きだと思います。そこは負けませんから」

「ええ。受けて立ちます。僕も負けません」

「この戦いの勝敗はどうやって決めるのですか？」

「……うーん。それはおいおい考えましょう。幸い、僕たちの人生はまだ長い。共にいられる時間も長いということですから」

「ええ。ええ。そうですね。それが素敵ですね」

死が二人を分かつまで。

僕たちのこの恋に、終着点はあるのだろうか？

あとがき

こんにちは。友麻碧です。

この度は『水無月家の許嫁』シリーズ第三巻をお手に取っていただきまして本当にありがとうございます！　大変お待たせいたしましたっ！

それにしても「天女」という題材は、実に興味深く、面白いです。

前巻までも「天女伝説」や『竹取物語』をテーマとして扱いながら、その素材の良さを感じてはいたのですが、この三巻を書き終わった時「うおおお。なんて頼もしい題材なんだ、たまんねえな！」と我ながら感激したものでした。

今回は、天女降臨の地……滋賀長浜の余呉湖を舞台に、物語が繰り広げられました。贄子《にえこ》、儀式、という暗いテーマを軸に、水無月家の闇や文也《ふみや》の目的がドッと顕《あらわ》になった一冊でした。そして六花も、いよいよ花開きます……

一巻から三巻までの流れは、シリーズを開始した時からある程度イメージしていたので、もうここを書きたくて、書きたくて、ずっとウズウズしておりました。

言ってしまえば、この三巻でシリーズをまとめることもできる、というくらい、六花と文也の救い救われの恋物語はこの三巻に集約されていたわけです。

しかし「天女」や『竹取物語』という題材が、ここで終わらせてはくれませんでした。六花と文也は両思いになってめでたしめでたし、ではなく、水無月家とかいうマジヤバ一族の中心にいるせいで、全然、安心できないのです（笑）。

恋に狂う一族、水無月家……ドロドロ、ピュアピュア……

六花と文也の恋物語は、むしろここからが本番なのだろう……

そのように、友麻自身が遠い目をしながら、しみじみ思っております。

ドロピュアな二人の恋を、今後とも見守っていただけましたら幸いです！

あ、作中では描けなかったのですが、滋賀の長浜は「黒壁スクエア」という駅近のお洒《しゃ》落《れ》な観光地もあって、とっても賑《にぎ》わっていました（取材で行きました）！

近江《おうみ》牛の肉寿司、ビワマスのお刺身、鯖《さば》そうめん、全部とっても美味《おい》しかった……信長《のぶなが》君も滋賀県民であることを誇りに思い、長浜の地を愛しているはずです……

また、今作の舞台であった〝余呉湖〟も、余呉駅から徒歩で行ける距離だったりしますので、天女降臨の地に興味を持たれた方や、機会のある方は、ぜひ訪れてみてください。

どこか神秘的な静けさのある、美しい湖でした。偶然ではあるのですが、湖畔に広大なあじさい園もあったりして、あじさいの季節はかなり水無月家を感じられます。

宣伝コーナーです。この十月、十一月と、講談社さんを中心に友麻作品の小説と漫画がたくさん出ます。その中でも二つほど、お知らせさせていただけたらと思います。

〈お知らせ、その①〉

小説版『傷モノの花嫁』が本作と同時刊行されております。

こちら、友麻が原作を担当させていただいている漫画作品の小説版で、何だか凄《すご》いタイトルですが「猿臭い」漫画広告を見たことがある人も、いるかも……

水無月家シリーズのすぐ側にあると思いますので、お手に取っていただけますと幸いです。とはいえ本家は漫画版ですので、漫画版も何卒《なにとぞ》よろしくお願いいたします！

〈お知らせ、その②〉

コミカライズ版『水無月家の許嫁』第四巻が、早くも十一月三十日発売予定です。

ちょうどここが六花ママとのバトル後編に当たり、大変盛り上がっております。漫画版ならではの、迫力と感動がありますので、ぜひぜひ読んでいただけますと嬉《うれ》しいです。

担当編集さま。友麻のスケジュール管理が毎度のごとくザルなせいで、今回もたくさん助けていただき、誠に感謝しております……っ。おかげさまで〝めっちゃ書きたかったところ〟を書ききることができました！　まだまだ描きたいエピソードがございますので、引き続き水無月家シリーズをよろしくお願いいたします。

イラストレーターの花邑《はなむら》まい先生。今回のカバーラフをいただいた時「花邑先生のセンスが爆発しておる！」とビビり上がりました。この大切な三巻、私も全力で書いたのではありますが、花邑先生のイラストがあってこそ完成に至るのだ、としみじみ思いました。素敵なイラストを本当にありがとうございます。

そしてそして、読者の皆さま。

『水無月家の許嫁』を、この三巻まで読んでいただきまして、誠にありがとうございました。

辛く、胸糞悪《むなくそわる》いシーンもたくさんあったかと思います。それでも読者の皆さまにとって「これが読みたかった！」という物語になっていたらいいなと、心から願っております。

第四巻も、お楽しみに！

友麻　碧

本書は書き下ろしです。

講談社
タイガ

〈著者紹介〉

友麻　碧（ゆうま・みどり）
福岡県出身。2015年から開始した「かくりよの宿飯」シリーズが大ヒットとなり、コミカライズ、TVアニメ化、舞台化など広く展開される。主な著書に「浅草鬼嫁日記」シリーズ、「鳥居の向こうは、知らない世界でした。」シリーズ、「メイデーア転生物語」シリーズなど、漫画原作に『傷モノの花嫁』がある。

水《み》無《な》月《づき》家《け》の許嫁《いいなずけ》3
天女降臨《てんにょこうりん》の地《ち》

2023年10月13日　第1刷発行　　定価はカバーに表示してあります
2024年 3 月 4 日　第3刷発行

著者……………………友麻《ゆうま》碧《みどり》

発行者……………………森田浩章
発行所……………………株式会社 講談社
〒112-8001 東京都文京区音羽2-12-21
編集03-5395-3510
販売03-5395-5817
業務03-5395-3615

KODANSHA

本文データ制作…………講談社デジタル製作
印刷……………………株式会社ＫＰＳプロダクツ
製本……………………株式会社国宝社
カバー印刷……………株式会社新藤慶昌堂
装丁フォーマット………ムシカゴグラフィクス
本文フォーマット………next door design

ISBN978-4-06-533518-5　N.D.C.913　340p　15cm

講談社
タイガ

白川紺子

海神《わだつみ》の娘

イラスト
丑山 雨

娘たちは海神《わだつみ》の託宣を受けた島々の領主の元へ嫁ぐ。彼女らを娶《めと》った島は海神の加護を受け、繁栄するという。今宵、蘭《らん》は、月明かりの中、花勒《かろく》の若き領主・啓《けい》の待つ島影へ近づいていく。蘭の父は先代の領主に処刑され、兄も母も自死していた。「海神の娘」として因縁の地に嫁いだ蘭と、やさしき啓の紡ぐ新しい幸せへの道。『後宮の烏』と同じ世界の、霄《しょう》から南へ海を隔てた島々の婚姻譚。

講談社
タイガ

アンデッドガールシリーズ

青崎有吾

アンデッドガール・マーダーファルス　4

イラスト
大暮維人

平安時代。とある陰陽師に拾われた鴉夜《あや》という平凡な少女は、いかにして不死となったのか。日本各地で怪物を狩る、真打《しんうち》津軽《つがる》と同僚たち《鬼殺し》の活動記録。山奥の屋敷で主に仕える、馳《はせ》井《い》静句《しずく》の秘めた想い。あの偉人から依頼された《鳥籠使い》最初の事件。北欧で起きた白熱の法廷劇「人魚裁判」――探偵たちの過去が明かされ、物語のピースが埋まる。全五編収録の短編集。

講談社タイガ

虚構推理シリーズ

城平 京

虚構推理短編集

岩永琴子の密室

イラスト
片瀬茶柴

一代で飛島《とびしま》家を政財界の華に押し上げた女傑・飛島龍子《りゅうこ》は常に黒いベールを纏っている。その孫・椿《つばき》の前に現れた使用人の幽霊が黙示する、かの老女の驚愕の過去とは――「飛島家の殺人」

あっけなく解決した首吊り自殺偽装殺人事件の裏にはささやかで儚い恋物語が存在して――「かくてあらかじめ失われ……」

九郎と琴子が開く《密室》の中身は救済か、それとも破滅か。

講談社タイガ

芹沢政信

天狗と狐、父になる

春に誓えば夏に咲く

イラスト
伊東七つ世

600年間あやかしとして暴れ回っていた伝説最強の天狗《てんぐ》・黒舞戒《コクブカイ》はついに家族を手に入れた。仇敵《きゅうてき》の霊狐・宮杵稲《クキトウ》は時に気に食わないが、人間の赤子・実華《みか》との幸せな日々を守りたい。そう願い料理と子育てをする二人の前に現れたのは――吸血鬼!?　異能が芽生えつつある実華とともにあるため、家族の絆が試される。実家への挨拶や家族旅行、思い出たっぷりの天狗×狐ファンタジー第二弾！

講談社
タイガ

探偵は御簾の中シリーズ

汀こるもの

探偵は御簾の中
検非違使と奥様の平安事件簿

イラスト
しきみ

恋に無縁のヘタレな若君・祐高《すけたか》と頭脳明晰《めいせき》な行き遅れ姫君・忍《しのよ》。平安貴族の二人が選んだのはまさかの契約結婚!?　八年後、検非《けび》違使別当《いしのべっとう》（警察トップ）へと上り詰めた祐高。しかし周りからはイジられっぱなしで不甲斐《ふがい》ない。そこで忍は夫の株をあげるため、バラバラ殺人、密室殺人、宮中での鬼出没と、不可解な事件の謎に御簾《みす》の中から迫るのだが、夫婦の絆《きずな》を断ち切る思わぬ危機が!?